LAS TRES EDADES
Y DIJO LA ESFINGE:
SE MUEVE A CUATRO PATAS POR LA MAÑANA,
CAMINA ERGUIDO AL MEDIODÍA
Y UTILIZA TRES PIES AL ATARDECER.
¿QUÉ COSA ES?
Y EDIPO RESPONDIÓ: EL HOMBRE.

Ana Rossetti (San Fernando, Cádiz, 1950) ha publicado numerosos libros de poemas: *Los devaneos de Erato* (1980), que consiguió el Premio Gules, *Dióscuros* (1982), *Indicios vehementes* (1984), *Devocionario* (1986), que obtuvo el Premio Internacional de Poesía Rey Juan Carlos I y *Yesterday* (1988); con el libro de relatos *Alevosías* (1991) se le concedió el Premio La Sonrisa Vertical. En 1988 publicó su novela *Plumas de España* y en 1995 el poemario *Punto umbrío*.

UNA MANO
DE SANTOS

ANA ROSSETTI

Ediciones Siruela

1.ª edición: septiembre de 1997
2.ª edición: noviembre de 1997

Todos los derechos reservados. Ninguna parte de esta publicación puede ser reproducida, almacenada o transmitida en manera alguna ni por ningún medio, ya sea eléctrico, químico, mecánico, óptico, de grabación o de fotocopia, sin permiso previo del editor.

Esta obra ha sido publicada con la ayuda
de la Dirección General del Libro, Archivos
y Bibliotecas del Ministerio de Educación y Cultura

Colección dirigida por Michi Strausfeld
Diseño gráfico: G. Gauger & J. Siruela
© Ana Rossetti, 1997
© Ilustraciones: *San Cristóbal*, de Konrad Witz.
Kunstmuseum, Basilea
Santa Bárbara, de Robert Champin.
Museo del Prado, Madrid
San Jorge y el dragón, de Paolo Uccello.
National Gallery, Londres
Santa Casilda, de Zurbarán.
Museo del Prado, Madrid; los ángeles y demonios
pertenecen al libro *Mi Jesús*,
del padre Luis Ribera
© Ediciones Siruela, S. A., 1997
Plaza de Manuel Becerra, 15. «El Pabellón»
28028 Madrid. Tels.: 355 57 20 / 355 22 02
Telefax: 355 22 01
Printed and made in Spain

Índice

UNA MANO DE SANTOS

El Bien esquivo	**11**
La niña extranjera	**31**
La cueva de la doncella	**47**
Más allá no hay monstruos	**65**
El soberbio celeste	**87**

UNA MANO DE SANTOS

EL BIEN ESQUIVO

Prometido a Cristóbal Triviño

Hace varios milenios existían unas criaturas nacidas de la Tierra y enfrentadas al Cielo.

Habitaban entre los límites del mundo de las fuerzas naturales y del de las sobrenaturales y pretendían ser los soberanos absolutos de la creación, puesto que participaban de ambos universos. Eran los gigantes.

De esas remotas fechas data la historia de un personaje descomunal de fuerza inusitada pero que, sin embargo, era frágil en su interior. Su potencia física no se correspondía a la vulnerabilidad de sus sentimientos, ni había en su mente, aunque estaba albergada en un cuerpo tan enorme, suficiente espacio para recibir las cosas más sencillas. Si se le dejaba suelto, a su aire, se comportaba muy atolondradamente, pues no era capaz de sincronizar sus dimensiones con sus movimientos ni de congeniar su edad con su razón; por eso, delante de las visitas, lo ataban y no le dejaban ni abrir la boca. Poco a poco se fue haciendo temeroso: andaba como pisando huevos y no decía otra cosa que sí o que no.

Nadie recordaba su nombre. Se habían habituado a llamarle

El Gran Inepto. Cuando salía a la calle todos los chiquillos le ponían trampas y zancadillas para que tropezara, le azuzaban bichos para asustarlo y le preguntaban cosas absurdas para divertirse con su perplejidad. El Gran Inepto era muy paciente, pero estaba harto de que se rieran de él, así que un buen día se dijo: «Me iré al mundo de los hombres. Buscaré un amo poderoso. Él me protegerá. Si le sirvo obedientemente, no tendré más remedio que hacer lo correcto y poco a poco adquiriré valor y confianza».

Se dirigió entonces a la corte del emperador Máximo y le ofreció su fuerza para que la empleara en beneficio de su Imperio. El emperador Máximo llamó a sus tecnócratas y les dijo: «Ahí tenéis una máquina gigante que está ansiosa de ser productiva».

Los tecnócratas imperiales sometieron al Gran Inepto a diversas pruebas de idoneidad, cuyo resultado fue el transformarlo en Fuerza Bruta. Después lo remitieron a los departamentos de Física, Ingeniería y Estrategia para que lo programaran según creyeran conveniente.

A los pocos meses la Fuerza Bruta era un potencial energético listo para desempeñar diversos cometidos con precisión y rapidez. El departamento de Economía presentó un informe presupuestario que demostraba lo rentable que les resultaría su puesta en funcionamiento. Con él se ahorraba gran cantidad de maquinaria y, por supuesto, mano de obra, decían esas largas columnas de sumas y restas. Una nota de puño y letra firmada por el economista mayor recomendaba al empleador imperial considerar que el mantener una máquina sale más barato que comprarle las horas de trabajo a una persona y que, además, evita tener que atender reivindicaciones salariales, seguros sociales, revisiones de contratos y demás zarandajas. El empleador imperial estuvo completamente de acuerdo y añadió su rúbrica inmediatamente.

Los altos cargos, reunidos en sesión extraordinaria, dieron el visto bueno al proyecto con gran satisfacción y elaboraron un decreto ley para poner en marcha, enseguida, los distintos planes programados. Al que fuera Gran Inepto y Fuerza Bruta se le llamó Gigante Autómata a partir de entonces.

El Gigante Autómata se sintió útil e importante por primera vez en su vida. Era muy feliz y se dedicó, con ahínco, a cumplir sus tareas.

Él solo, en una mañana, podía arrancar cincuenta robles y transportarlos hasta los talleres de carpintería, por ejemplo. En una ocasión apagó un incendio volcando encima del fuego un pozo como si fuese un cubo de agua. En otra, abrió de un puñetazo un túnel en una roca. Con su navaja de afeitar segaba el trigo y araba las tierras con la misma facilidad que si les pasara el peine. Con él no se necesitaban grúas, ni palancas, ni vagones de acarreo, ni escaleras extensibles, ni tanques acorazados.

Sucedió que, a causa del Gigante Autómata, muchas fábricas quebraron, muchos gremios desaparecieron, muchas familias se quedaron sin recursos y muchas tiendas sin clientes. Suplicaron, protestaron, se manifestaron, trataron de sabotear el trabajo del Gigante Autómata, pero, como nada se conseguía, los idealistas se entregaron a la lucha organizada y los desesperados a la revuelta callejera. Naturalmente, se hizo muy evidente que el cargo de empleador imperial era un contrasentido. Los insurrectos no esperaron a que dimitiera: lo arrancaron de su gabinete y lo cesaron a golpes y porrazos.

En la comarca se asentaron la rabia, la venganza, el dolor, la miseria y el pillaje. Los que procuraban ser sensatos crearon comités para encontrar la manera de trabajar, pues no eran ni vagos ni perezosos, pero, por mucho que se esforzaran, nada resolvían. Nadie podía permitirse el lujo de contratar a alguien que hiciera lo que se podía hacer gratis. A cambio de lo que quisieran pagarles, los arruinados y los despedidos partían la leña, cortaban el césped, limpiaban los cristales, entretenían a los niños, ayudaban a los ancianos en los hogares de los que aún tenían medios, viéndose también obligados a tener que agradecer que les dejaran ganarse su limosna. Sin embargo, lo que obtenían era insuficiente. Las posibilidades para ganarse el sustento y vivir honradamente eran prácticamente nulas.

Quienes podían huyeron, pero las fronteras estaban lejos y cuando llegaban, si es que llegaban, caían extenuados. No todos resistían el viaje, ni todos cumplían los requisitos para ser admitidos en otro país: la policía aduanera los echaba para atrás. Era muy duro tener que deshacer el camino. Se gastaban sus últimos ahorros en conseguir la documentación adecuada. O entraban furtivamente, exponiéndose, en cualquier momento, a ser detenidos y deportados. «Extranjeros, no os queremos aquí», les decían: «Que os den trabajo los vuestros». «En nuestro país no hay trabajo», replicaban. «¡Y a nosotros qué nos importa! Cada uno tiene el país que se merece», y los ponían de patitas al otro lado de la alambrada sin ningún miramiento.

Se encontraban sin salida. No quedaba más remedio que agruparse en bandas e intentar robar en los almacenes para poder sobrevivir. Es por eso que el Gigante Autómata, nada más detectar a tres o cuatro personas juntas, las dispersaba de un manotazo. Algunos morían con el impacto, otros quedaban lisiados de por vida. Los sobrevivientes, entonces, conspiraban para hallar la manera de suprimir al Gigante Autómata, pero el Gigante Autómata estaba muy bien adiestrado por los altos estrategas y al menor barrunto de atentado ponía en marcha su programa de Ataque y Represión.

El Gigante Autómata iba cosechando medalla tras medalla por sus acciones rápidas y contundentes. «Por fin hago algo bien», decía orgulloso frotando con la bocamanga de su casaca las condecoraciones. Pero eran los laureles de bronce sobredorado la única cosecha en el Imperio.

Desde luego, el Gigante Autómata tenía mucho más trabajo como demoledor que como recolector, pues ¿qué iba a recolectar? Mientras se encargaba de reducir a los vecinos por medio del terror, el Gigante Autómata no podía ocuparse de plantar el grano ni de podar los árboles frutales ni de echar el pienso al ganado ni de ordeñar las vacas lecheras.

Pronto se dejaron sentir las consecuencias de esta situación: escaseaban las materias primas y mantener adecuadamente al Gigante Autómata exigía muchos sacrificios.

El Gigante Autómata consumía grandes cantidades de alimento, y esos alimentos, a su vez, grandes cantidades de leña, y ya no quedaban apenas bosques ni animales ni cultivos. Los impuestos subieron de una manera alarmante. Eso ya no les gustó a los ricos, de ninguna manera. No querían ser ellos los que pagaran el pato.

«De qué nos sirve un Autómata Gigante que tanto nos cuesta mantener y que encima nos resulta tan vulgar: nosotros siempre nos hemos arreglado con mayordomos de chaqué, doncellas de delantales almidonados y chóferes de librea, que son mucho más vistosos y de un tamaño más proporcionado», protestaban.

Los ricos, además, acabaron hartos de gastar grandes fortunas para obtener en el mercado negro judías, garbanzos y otros productos que, en otro tiempo, creían que sólo comían las bestias. Y de contratar vigilantes jurados para que los insurrectos no asaltaran sus cámaras frigoríficas, o guardaespaldas para que no les atracaran en la vía pública: se sentían robados por todas partes. Entonces, en vista de lo cara que les estaba resultando la vida, prefirieron llevarse sus fortunas al extranjero antes que dejarse arruinar de una manera tan tonta.

El dinero nunca ha tenido problemas de xenofobia y es bien acogido en cualquier lugar del mundo. Y las divisas empezaron a evadirse como el agua por un colador. Y se vaciaron las cuentas corrientes, y los banqueros, al marcharse de sus bancos desmantelados, ni siquiera se molestaron en cerrar las puertas, pues nada tenía valor ya.

El Imperio estaba en bancarrota.

Entre los altos cargos hizo su aparición el descontento y después la discordia, y se formaron camarillas a fin de deshacerse los unos de los otros. En vez de discurrir para encontrar una solución al problema, se dedicaban a echarse las culpas y a intrigar a ver cuál daba antes el golpe de Estado. Y se traicionaban a cada dos por tres. Vivían vigilándose mutuamente para no ser denunciados ni envenenados ni apuñalados por la espalda.

De todas estas peripecias el emperador Máximo no tenía noticia alguna. No era un hombre especialmente curioso, y puesto que en palacio los días continuaban todavía casi igual de aburridos, él no podía notar la diferencia. Una muralla compacta de aduladores le rodeaba impidiéndole ver otra cosa distinta de lo que les convenía que viese. Como el Gigante Autómata era el favorito, quien quisiera congraciarse con el emperador Máximo y aspirar a unas migajas de lo poco que quedaba del pastel debía hacerse su amigo. Por eso el Gigante Autómata era tan envidiado, tan aborrecido y tan agasajado.

Los altos cargos comprendieron que de nada les servía su poder sin tener sobre quién ejercerlo, y decidieron que la solución a tanto desgobierno estaba en acabar con las guerras que los dividía y unirse en una conspiración para extirpar el mal de raíz: el Gigante Autómata. Pero para llegar a él debían derribar, primero, a todos aquellos que lo apoyaban y gozaban del favor imperial.

Los altos cargos planearon una conjura y empezaron a abrirse paso por entre los privilegiados cortando cabezas a diestro y siniestro.

El economista mayor, junto con los tecnócratas, acusados de ser sus compinches, fueron ahorcados en la plaza pública en medio de un delirio colectivo. Eso fue lo que hizo saltar el muelle que había estado comprimido tanto tiempo. A partir de ese momento se sucedieron las ejecuciones y la sangre corría por las calles tiñendo los zócalos de las casas: la acción de la violencia es imparable y alcanza a todos.

Por fin, el emperador Máximo preguntó por los gritos, los disparos, las humaredas y por las personas que se movían a su alrededor, que eran menos cada vez, y horrorizado fue enterándose del peligro que corría. Lleno de espanto, envió a los conjurados su manto de armiño y su corona imperial y huyó al amparo de la noche a campo traviesa. De él nunca más se supo.

Los conjurados, libres del emperador Máximo, proclamaron la República y promulgaron una orden de busca y captura para apresar al Gigante Autómata. Pues la sociedad trata de rectificar sus errores designando un culpable. De ese modo descargan su conciencia castigándolo por los crímenes que, entre todos, han contribuido a cometer.

El Gigante Autómata pasó de ser «de Interés General» y «de Utilidad Pública» a «Proscrito» y «Fugitivo de la Justicia». Tenía que escapar, pero no quería regresar junto a los gigantes. Eso sería retroceder, desaprender lo aprendido, y ya no era posible. De ningún modo podía volver a ser el Gran Inepto, pues su ineptitud ya no era un estado natural. Había experimentado consigo mismo unas posibilidades desconocidas: era capaz de ser enseñado, es decir, que podía recordar órdenes y reproducirlas y actuar. Eso le impulsaba a insistir, a persistir en encontrarse. Debía seguir adelante aun cuando la decepción y el resentimiento le invadieran. Porque, de momento, lo cierto era que estaba desorientado y triste.

«Se han aprovechado de mí hasta sacarme todo el rendimiento que les ha convenido y ahora, cuando se han torcido las cosas, me culpan y me persiguen.»

Y el Proscrito se echó a llorar desconsolado.

—Has fracasado por haberte olvidado de que eres un gigante. Te has dedicado a servir a criaturas de rango inferior a ti. Tú debes aspirar a algo más.

—¿Quién eres? ¿Dónde estás? —preguntó el Proscrito.

—Mira detrás de ti. Soy tu sombra.

Efectivamente, detrás de él se alzaba una figura imponente, absolutamente oscura, como un agujero en el luminoso decorado del día.

—En el principio, antes de que la materia apareciera, sólo existía yo —dijo la Sombra—. Yo era el Todo. Hasta que la Luz surgió. Me venció, me arrinconó y me condenó. Desde entonces soy la Proscrita. Sin embargo, yo inundo los vacíos del universo. Entre los Cuerpos Celestes están mis dominios, pues la Luz, aunque se presenta como soberana, no es única: yo le soy imprescindible para cubrir los huecos a donde ella no llega. Tampoco es todopoderosa: necesita de la materia para que la refleje.

—No te entiendo —murmuró el Proscrito.

Estaba fascinado, pero de todo ese discurso no comprendió una palabra, excepto «Proscrita». Eso le confortó.

La Sombra extendió su capa por el cielo como una mancha de tinta y se hizo noche oscura punteada de alfileres luminosos. La Sombra fue señalándolos uno por uno.

—En el espacio no hay átomos flotantes como en el aire; por eso, aunque se ven brillando miles de constelaciones, no se distingue el camino por donde ha viajado la Luz hasta ellas. En el espacio siempre es de noche. Entre una estrella y otra sólo hay noche. Los rayos luminosos no son visibles sin que masas de pequeñas partículas, como las piedras de Pulgarcito, vayan indicando el camino para que la Luz se arrastre. La Luz depende de los cuerpos: sólo se apoya en lo denso, en lo exterior, en lo que las criaturas pueden percibir por sus sentidos. Convéncete: qué clase de reina será si no se basta a sí misma para inundar el cosmos, si cualquier cuerpo opaco detiene su carrera y un cuerpo transparente, aunque se trate de una gotita de agua, la descompone. La Luz ha usurpado el título de la Verdad, pero es ilusión y engaño. Le da colores a las cosas y las embellece, pero no puede penetrar en ellas, ni abarcarlas. Esconde, bajo una apariencia luminosa, las trabas del mundo visible, sus conflictos íntimos, su condición sórdida, su muerte: sólo notifica lo superficial. Presume de indestructible, pero el universo donde vive es perecedero. Tampoco es eterna: tuvo un comienzo, y en el instante en que se disuelva la materia, la Luz se desintegrará en la Nada. ¡Ah, cuando eso ocurra...! ¡Yo volvería a recuperar mi trono!

El Proscrito preguntó preocupado:

—Y eso ¿puede suceder algún día?

—Se puede conseguir: con paciencia y perseverancia, todo se alcanza —respondió la Sombra.

—¿De verdad? ¿Y cómo? —insistió el Proscrito animándola para que se explayara.

Pero la Sombra no necesitaba que le tirasen de la lengua:

—Si no se puede aniquilar el Universo material de una vez, al menos se puede ir robándole terreno lentamente.

—Eso te llevará mucho tiempo —argumentó el Proscrito.

—El Tiempo es consecuencia de la materia —comentó la Sombra, pero agregó insinuante—: por si te interesa saberlo, tengo algunos voluntarios.

—Estoy sin empleo —dijo el Proscrito.

El Proscrito se sintió en buenas manos cuando la Sombra, antes de admitirlo a su servicio, le dijo:

—Te haré un contrato laboral. Me gustan las cosas serias.

El contrato debía firmarlo con su propia sangre, lo cual era razonable, no sólo porque el Proscrito no sabía escribir, sino porque no hay una firma más personal que ésa. Debía estar fechado precisamente en el momento en que la noche cruza la frontera entre abril y mayo. Y así lo convinieron.

—¿Estás decidido? —preguntó la Sombra en la última tarde de abril.

—Estoy decidido —aseguró el Proscrito.

La Sombra se deslizó bajo sus pies como una alfombra y el Proscrito se sentó en ella. Cuando estuvo acomodado en toda su enormidad, la Sombra despegó y se alzó ligera como si cargara con una pluma, y emprendió el viaje hacia la medianoche.

La víspera del primer día de mayo es la noche de Valpurgia. En el lúgubre Valle del Espanto se dan cita las principales potencias del Averno. De todos los confines planetarios acuden las brujas, los maestres de la oscuridad, los espíritus intermedios, los fuegos fatuos y las criaturas subterráneas. Apenas suenan las doce campanadas, los animales alados y los artefactos voladores rasgan los aullidos del aire con sus veloces sacudidas; de las entrañas de la tierra surgen los engendros del infierno como borbotones de lava; en la niebla culebrean ráfagas fantasmales y el fondo de los precipicios semeja lagunas abisales donde las algas se agitan entre peces fosforescentes. Es un espectáculo extraordinario. Muchos darían su mano derecha con tal de contemplarlo, aunque fuera de lejos.

Sin embargo, llegar hasta allí es muy difícil por varios motivos: el primero es que el lugar exacto de la reunión no le es revelado a cualquiera; el terreno accidentado e inextricable es el segundo; y, por último, porque está prohibida la presencia de intrusos: que se atenga a las consecuencias el que se atreva a desafiar al Príncipe de las Tinieblas y sus misterios.

El Proscrito, conducido por la Sombra, sobrevoló las tétricas montañas hasta llegar al valle prohibido y posarse, suavemente, en el centro de los cuatro senderos, que es el centro mismo de la Asamblea. El Príncipe de las Tinieblas y el Proscrito se encontraron cara a cara.

El Príncipe de las Tinieblas, solemnemente, acalló las aclamaciones de sus súbditos y les ordenó prestar atención. Cesó el movimiento del aire y el bullicio de las criaturas, como si todos se hubieran convertido en figuras de piedra.

El Príncipe de las Tinieblas tomó la palabra:
—¿Me conoces?
—Sí. Eres el Espíritu que todo lo niega —se apresuró a responder el Proscrito.
—¿Y qué quieres de mí?
—Que me enseñes cómo puedo servirte.
—¿Estás dispuesto a todo?
—Estoy dispuesto a pertenecer y formar compañía con los espíritus rebeldes sin temor a las consecuencias —dijo el Proscrito.

Dicho esto, la Sombra se adelantó y presentó al Príncipe de las Tinieblas el contrato ya redactado: «Prometo servirte en *todo* con el fin de que me concedas *todo* lo que deseo».
—Lo que aquí se promete se cumple. Lo que se ofrece se otorga por completo —dijo el Príncipe de las Tinieblas rubricando la escritura con su huella dactilar.

La Sombra, con un alfiler nuevo, pinchó el dedo corazón de la mano izquierda del Proscrito diciendo:
—Los dones planetarios se mezclan sobre esta sangre que contiene metal, bálsamo y espíritu.

El Proscrito apretó la yema de su dedo corazón hasta grabarla junto a la del Príncipe de las Tinieblas.
—Ya eres mío —dijo el Príncipe de las Tinieblas.

A continuación, con un hierro candente, el Príncipe de las Tinieblas marcó su impronta sobre la frente del nuevo súbdito. Se oyó el agudo silbido de la piel y al quemarse desprendió una nube momentánea y un penetrante olor. El Príncipe de las Tinieblas retiró el hierro. La señal de Tau se destacaba roja como un sello de lacre. La Sombra la roció con una vara de saúco mojada en las Aguas del Olvido.
—Ya eres Nosotros —proclamó la Asamblea, pues el signo de

Tau es la acreditación imprescindible para ser reconocido y admitido entre ellos. Significa: «Ruta de la eternidad, del infinito, del espacio, de lo desconocido, de lo oculto, del misterio, de lo inmaterial».

El Proscrito ya pertenecía a los espíritus rebeldes. Siempre conducido por la Sombra, presentó sus respetos a las altas jerarquías y, después, un numeroso grupo de pajes y de hechiceras y de nigromantes y de adivinadoras lo tomaron de las manos y le hicieron girar en corro cantando sus consignas:

—La Salamandra se inflamará. La Ondina se retorcerá. El Vacío succionará la Materia. La Noche absorberá la Luz. Todo pasó. Lo que ha sido no es y nunca más será.

A partir de esa noche, el Proscrito se convirtió en uno de los agentes más activos de la organización y pronto se ganó la confianza y la estima de sus superiores.

Le encomendaron abastecer el Casillero de los Deseos Satisfechos.

Una vez por semana, le llegaban los pedidos que los agentes tentadores habían ido depositando en el Buzón de los Deseos. Después, descendía a la profunda Mina de los Sueños, elegía las vetas apropiadas y cavaba sin descanso hasta desprender la cantidad precisa. Cada mañana subía con las alforjas bien provistas de materiales quiméricos distintos, los concretizaba y los clasificaba en el Casillero de los Deseos Satisfechos. Cuando los mensajeros de la quietud venían a recoger la mercancía para hacerla llegar a sus destinatarios, siempre la encontraban a punto.

Ese trabajo le gustaba. Le hacía parecer una especie de mago que tuviera en sus manos la felicidad de todos los seres vivientes. Él proveía, disponía los encargos, los revisaba, los tamizaba, los tasaba y los distribuía con generosidad: en una casilla ponía juventud; en otra, belleza; en otra, victoria; en otra, sabiduría; en otra, tesoros; en otra, la manera de conseguir al ser amado; en otra, el cumplimiento de cada una de las ambiciones; en otra, el conocimiento de las ciencias secretas..., el poder de ser invisible..., de caminar sobre las aguas..., de ejercer dominio absoluto sobre las personas..., de provocar desgracias a los enemigos..., de atraer a la muerte... Todos estos dones eran de alta pureza y eficacia. En fin, que procuraba no defraudar a nadie y satisfacer con creces cualquier deseo. Jamás arrojó ninguna petición a la papelera de los Imposibles.

«Lo estoy haciendo bien. Nadie devuelve los envíos, nadie se ha quejado. El libro de reclamaciones está sin usar. Tienen que estar contentos de mí», se decía el Proscrito disfrutando intensamente por los placeres que proporcionaba. Esto era mejor que ser útil, era: ser necesario. Con ello se colmaban sus aspiraciones de significar algo para los demás, aunque no se lo agradeciesen.

Al año siguiente, en la noche de Valpurgia, el Proscrito fue felicitado públicamente por el Príncipe de las Tinieblas. En presencia de la Asamblea, el maestro de ceremonias leyó un comunicado con el cual se anunciaba que pronto lo iban a elevar de categoría: de agente pasaría a ser jefe de sección.

Enseguida se dispusieron a instruirle. En una gruta se había improvisado un aula mágicamente. La Sombra lo condujo frente a un gráfico donde estaba el organigrama de la Sección de Comerciales.

El maestro de ceremonias alzó su varita. Todos los asistentes, al unísono, fueron leyendo los rótulos:

«Esta sección está construida en cadena y consta de los eslabones siguientes:

»Sector A: Agentes tentadores o reclamos. Estos agentes deben ser hábiles, pacientes, oportunos y seductores. No deben entrar en acción sin contar con las debidas garantías de que van a conseguir cerrar el trato. Hay que establecer cuidadosamente el plan de ataque y saber acechar. El éxito es cuestión, más que de táctica, de elegir el momento apropiado. La recomendación es que no se empleen esfuerzos en vano. Eso equivaldría a invertir los términos: el candidato se servirá del agente para su propio provecho, mientras que para el agente sólo significará derrota y menoscabo.»

—¿Cómo? —preguntó el Proscrito.

—Es muy simple —le respondió la Sombra, solícita—: cada vez que nos acercamos a alguien para infundirle descontento lo ponemos en situación de escoger, es decir, que sólo por el hecho de decidir ya está desarrollando su libertad. Por eso, todo aquel que se resista a nuestros reclamos, no sólo obtiene la victoria sobre Nosotros, sino fortaleza para soportar futuros combates. Además, Nosotros, con nuestra acción, le proponemos interrogantes y esperanzas, y si no se le seduce como es debido puede ser que busque en otra parte y encuentre por otros medios. Hay que ser muy hábiles para ofrecerle la solución justa de forma que no vacile en firmar la hoja de pedidos sin pensar en las condiciones de pago.

«Sector B: Agentes proveedores. Deben ser minuciosos, exigentes y responsables...», continuó el coro. Pero el maestro de ceremonias agitó su varita. El coro calló al instante. Naturalmente, estaban convencidos de que el Proscrito conocía esa parte de sobra, puesto que tan satisfactoriamente se había desenvuelto en ello. Sin embargo, el Proscrito quiso oírla de viva voz, desde el principio al fin, pues es muy distinto hacer algo a describirlo. Y el maestro de ceremonias dio la orden de seguir.

Efectivamente, se dio cuenta el Proscrito de que su misión de procurar felicidad al mundo encerraba otros propósitos: satisfacer toda ciencia, toda aspiración y todo instinto para propiciar la inactividad y la rutina y prepararle el terreno a los mensajeros de la quietud. Debían saber administrar las cantidades precisas para no abrumar con lo mucho ni despertar más ansiedad con lo poco, sino que hicieran perdurar la ilusión de lo efímero.

—Jamás me lo dijeron —se quejó el Proscrito.

—Jamás hay que dar la información completa —dictaminó la Sombra con suficiencia—: dar excesivas explicaciones no sirve de nada y complica las cosas.

—Pero eso es embaucar —protestó el Proscrito.

—Eso es seducir —rectificó la Sombra—: eso es seducir.

«Sector C: Mensajeros de la quietud», y prosiguió el coro: «Son los encargados de que lo pactado se cumpla a la perfección sin que nada perturbe los espíritus ya empeñados. Sin que nada los aflija para que no den marcha atrás. Actúan también como anestésicos, para que se consigan los objetivos sin importarles las causas: los daños que repercutirán en otros. Son los extirpadores de todo arrepentimiento.

»Sector D: Los cobradores. Son los que se encargan de hacer efectivo el pago.»

—¡El pago! —repitió el Proscrito.

Pero nadie reparó en él. Lo tomaron de las manos como en el año anterior y lo hicieron girar al compás de una salmodia siniestra:

«Cuando todo se ha conseguido, ya no cabe esperar nada. El que está plenamente satisfecho en ese mismo instante cesará en su evolución. La vida es mutación y cambio. La quietud es muerte. El bien es persistencia, pero el bienestar es la negligencia que mata al espíritu. Que mata al espíritu. Que mata al espíritu...»

El Proscrito ya no albergaba ninguna duda. Desesperado, comprobaba que, tampoco en esta ocasión, había hecho el bien. Todo lo que con tanto gozo había repartido resultó ser semillas de pereza y de vanidad. Pensaba que daba, cuando en realidad el coste que se pagaba por sus regalos era de un precio incalculable.

—Todo lo he hecho mal —sollozó—: ¿dónde estará el bien, qué es el bien, en qué consiste? ¿Qué puedo hacer ahora?

—Has firmado un pacto conmigo —dijo el Príncipe de las Tinieblas—: prometiste servirme a cambio de que yo te concediese lo que deseabas.

—Yo deşeaba ser capaz de hacer bien mi trabajo y hacer el bien a los demás. Pero no me podía imaginar que había caído en una trampa.

—Eso no es asunto mío —respondió el Príncipe de las Tinieblas, y el Valle del Espanto prorrumpió en una estruendosa carcajada que el eco prolongó hasta el horizonte.

Antes del amanecer, el Proscrito huyó horrorizado, a hurtadillas de la Sombra, sin importarle amenazas ni sobornos ni nada de lo que le pudiera ocurrir. Querría borrarlo todo, que no quedara en él ningún rastro del amo al que había servido, ningún parentesco; pero la señal de Tau destacaba poderosamente en su frente. Debía buscar algún paraje solitario y remoto para no ser delatado a las miradas indiscretas.

Así que caminó y caminó hasta que cayó rendido y se durmió profundamente. Entonces, le pareció oír una voz muy muy dulce, casi como la de un agente tentador, que le decía:

—Nos unimos a los demás por temor; porque no somos capaces de estar con nosotros mismos sin enmarañarnos con preguntas y dudas.

—Apártate, espíritu tentador —respondió el Proscrito.

—No soy ninguna tentación, soy tu Conciencia. Yo no pretendo sacarte de tu aislamiento para desposeerte de tus inquietudes y atolondrarte.

—¿Qué quieres entonces de mí?

—Nada. Sólo estar contigo y hacerte compañía.

—¡Pues vaya compañía! Soy torpe, inútil e incapaz de distinguir el bien del mal.

—Eso no es cierto, puesto que ahora te lamentas por lo que has hecho, no por lo que puedan hacerte —le recordó la Conciencia.

—De todos modos, haga lo que haga, siempre me equivocaré. No tengo talento para discernir las cosas.
—Lo que llaman talento a menudo no es sino orgullo.
—¿Y no es orgullo el haberme creído capaz de arreglar el mundo?
—Eres un gigante y en tu naturaleza está el ayudar a los hombres. No puedes evitar hacerlo.
—No puedo soportar el equivocarme una y otra vez de este modo. Ni de ser la causa de tantos desastres.
—Tu problema es que crees que en servir a los poderosos está la experiencia. Pero, para conocer dónde se encuentran los verdaderos pesares y la verdadera alegría, no hay que obedecer órdenes, sino escuchar lo que los demás sienten. Tu problema es que crees que el bien es cumplir con lo que han convenido otros sin preguntarse si es justo o, al menos, adecuado. Pero debes buscar la aprobación de tu conciencia y no la de la jerarquía. La verdadera bondad es un esfuerzo continuado y no siempre apreciable. Tu problema...
—Ya lo sé. Mi problema es que no estoy preparado todavía para el bien, por mucho que lo necesite y lo desee.
—Puesto que lo sabes, ponte en marcha: empieza ya a buscarlo.
—¿Pero adónde puedo ir?
—Prueba a mirar en tu corazón.
—Está marcado con la T de Tau.
—Está marcado con la T de Tesoro. De ti depende.

Y, a partir de entonces, tuvo el más difícil y comprometido empleo: convertir su fuerza en fortaleza. Y la más inflexible y rigurosa dueña: su propia responsabilidad. Pero eso lo convirtió en rey de sus obras y el Bien nunca más le esquivó.

Para escribir esta historia me ha servido de modelo Offero, que era un gigante, un príncipe destronado, según algunos, que buscaba un señor poderoso al que servir. Le hablaron del emperador de Roma, que era el amo del mundo, y él se puso a su disposición. Pero supo que el emperador temía al diablo, y entonces pensó que el diablo era más poderoso que el emperador. Se fue en busca del diablo, que lo aceptó como criado, le puso por nombre Réprobo y lo llevó con él a todas partes. Juntos recorrieron la tierra haciendo toda clase de fechorías. Hasta que, en una de estas expediciones, el diablo divisó a un pobre y viejo ermitaño y, nada más verlo, palideció y echó a correr. Réprobo le preguntó insistentemente cómo era posible temer a un anciano, pero el diablo no se lo quiso decir. Réprobo sacó en claro que el pobre y decrépito viejo era más poderoso que el diablo, y se fue en su busca. Cuando se encontró con el viejo ermitaño, el viejo ermitaño le dijo que no era él el poderoso, sino el Señor al que servía. Réprobo le rogó que le indicara dónde vivía ese señor, pero el ermitaño le dijo que, si él estaba preparado, sería el Señor quien fuese hasta él. Le aconsejó que rezase pues podía encontrarlo en su corazón, pero Réprobo no sabía rezar, de modo que el ermitaño le propuso que, en vez de buscar señores poderosos a los que servir, primero sirviera a las personas más humildes, pues su Señor siempre andaba con ellos. Réprobo se dedicó a pasar sobre sus hombros a los caminantes por el vado de un profundo río y no les cobraba nada por ello.

Sucedió que un día llegó un niño muy pequeño y muy pobre y le pidió que lo cruzase. Réprobo lo colocó sobre sus hombros con mucha facilidad y emprendió su marcha por el río. A mitad del camino, el niño empezó a pesar y a pesar hasta hacerse insoportable y las aguas empezaron a crecer y a crecer hasta rebasar la descomunal estatura de Réprobo. El gigante pensó que se ahogaba. «¿Cómo es que pesas tanto?», balbució asombrado el gigante. «¡Y cómo no voy a pesar, si sostengo en mis hombros los pesares del mundo!», le respondió el niño.

Dicho esto, el niño se bajó de los hombros del gigante y le ayudó a alcanzar la orilla. Y Réprobo comprendió que, en lo pequeño y en lo humilde, había encontrado por fin a su dueño.

A partir de entonces, a Réprobo se le llamó «Cristóforo», de Cristo, que quiere decir «El Ungido», o sea el Rey, y de Foro, que quiere decir «El Portador». Y su búsqueda cesó, puesto que llevaba a su rey y señor dentro de sí. Y ya no volvió a cambiar más de nombre.

Quienes, como tú, se llaman Cristóbal, tenéis un nombre que quiere decir: «El Ungido es el Señor»; así es que ya lo sabes.

LA NIÑA EXTRANJERA

*A los dieciséis años de Rut,
extranjeros y subterráneos*

Ella era una niña muy muy guapa.
Y muy muy inteligente.
Todo el mundo que pasaba junto a ella se volvía y comentaba lo guapa que le parecía, porque la Belleza externa salta a la vista y es fácil darse cuenta aunque no se sea un lince.
Pero nadie se preocupaba en descubrir su Belleza interior.
Conforme la niña crecía más admirada era, y entonces, un día, su padre dijo: «No quiero que nadie disfrute sin mi permiso de lo que es mío». Y le ordenó ocultarse el rostro con espesos velos que jamás se debía quitar.
Pero la Belleza, tanto externa como interior, es un don a compartir. Impedirla o extirparla es un grave delito pues nos privamos, y privamos a los demás, de un bien.
Como, pese a los velos, la niña tenía fama de guapa y el padre hacía muchos viajes, empezó a temer que alguno se la robara y decidió construir una torre para encerrarla allí.
Pero no sabía que es imposible encerrar el entendimiento o la imaginación o el afán de saber.

La niña estaba enfadada con su Belleza externa pues era la causante de su prisión, y acudió, en busca de consuelo, a su Belleza interna, pues explorando a través de sí misma encontraba una posibilidad de escapar.

Pero, como la Belleza externa depende mucho del estado interior, cuanto más se cuidaba ella por dentro más le brillaban los ojos y su rostro le resplandecía.

Cierto que esa parte de su Belleza estaba escondida por los velos y nadie podía admirarla. Ni siquiera ella misma pues su padre pensaba que, si el espejo le decía lo guapa que era, le llenaría la cabeza de malos consejos.

Pero el espejo sólo puede llenarnos la cabeza, como mucho, de ensueños, y el único peligro de los ensueños es que atraen a la tristeza y a la melancolía. Sin embargo, hay otra manera de llenar la cabeza y es de reflexión, y otra manera de mirarse que es con el conocimiento de uno mismo.

Cuando uno empieza a conocerse empieza a estimarse y, entonces, hasta un esclavo puede decidir sobre lo que quiere y lo que debe hacer. Por eso, a quienes les gusta mucho mandar, eso de que la gente estudie les parece muy peligroso porque podría llegar a tener ideas propias y enterarse de lo que es injusto y negarse a obedecer.

Pero como para el padre en su hija no había más entendimiento ni más voluntad que el capricho de él, no advertía que la niña lo tenía todo a su favor para aprender a pensar por sí misma, porque la inteligencia se fortalece en lo oculto y, por muy escondida que esté, tarde o temprano se manifiesta.

Aún no he dicho el nombre de la niña, pero no importa demasiado, porque ella misma se lo cambió cuando se encontró amurallada en la torre sin ninguna posibilidad de salir.

Todas las ventanas eran tan estrechas y estaban tan altas que apenas podía ver un trozo de cielo. Comprendió que, a partir de entonces, dentro estaba lo que sería su patria, su familia y su vida. Que esos muros eran la frontera. Que fuera de ellos todo le era extranjero y lejano. Y que ella, a su vez, se había convertido en extranjera para el resto del mundo.

Tenía a su servicio a varias mujeres muy capaces en sus respectivos cometidos, pero se había puesto especial interés en que fueran mudas. Así la niña no corría el peligro de que la embaucaran con cualquier tipo de ideas. De todos modos, ellas tenían órdenes severas de no dirigirse a la niña más de lo estrictamente necesario.

La niña decidió llamarse EXTRANJERA; es verdad que es un nombre poco corriente pero, si nos damos cuenta, extranjera viene de EXTRAÑA, y ella se sentía así. No tanto por ser diferente a los demás, sino porque estaba apartada de los demás.

Al principio de su encierro en la torre, la niña Extranjera se desesperó mucho porque pasaban y pasaban los días y ella no encontraba nada que mereciera ser consignado excepto «Hace treinta días que estoy aquí» o, a lo más, «hace treinta y un días que estoy DENTRO de aquí».

Por eso, todas las noches, trazaba una raya arañando la pared con una de sus horquillas.

Y todas las mañanas la tachaba: no tiene sentido contar lo que no tiene fin.

Pero todas esas rayas cruzadas por una vertical representaban unos barrotes.

Y es que ella no podía expresar otra cosa sino su prisión.

Hasta que un día, después de haberse estado un buen rato llorando, se dio cuenta de que si pasaba una y otra vez las manos por sus mangas de terciopelo, cuando aplastaba hacia delante los hilos de seda –porque el terciopelo está hecho de muchísimos hilitos de seda todos de punta– parecían mojados, como de plata, y cuando los aplastaba hacia atrás la tela se oscurecía.

He dicho brillantes como si estuviesen mojados. Eso está mal dicho porque no todo brilla con el agua. La arena, por ejemplo, brilla cuando está seca y cuando se moja se oscurece. Y a la hierba le ocurre al revés, aunque eso todavía ella tardaría muchos días en percibirlo.

Pero, volviendo a la seda, ese experimento de la dirección del brillo lo puede hacer todo el mundo y comprobar que ocurre exactamente así siempre. A lo mejor cada cual saca una conclusión distinta, pero la niña Extranjera esa noche no hizo ninguna raya. Esa noche pensó:

«Las cosas no tienen un aspecto único. Todo tiene su derecho y su revés. El brillo y la sombra se encuentran simultáneamente incluso en una delgada hebra de seda. Por eso sabemos que es seda.»

Y lo estuvo repitiendo y repitiendo hasta que se quedó dormida.

A partir de entonces, la niña Extranjera decidió que, en vez de lamentarse por ver siempre las mismas cosas, debía tratar de verlas de forma diferente. De todas las formas diferentes que pudiera. Y se dedicó a observar el aspecto cambiante de las cosas inmóviles.

Y supo que, en determinadas horas, el arco iris alegraba las lágrimas de las lámparas y rebotaba en la loza de los aparadores, que de arco iris eran las pompas de jabón y que los colores pueden brotar de improviso de las cosas que normalmente no tienen color alguno.

«Hasta lo más anodino y sin interés tiene su instante de sorpresa», reflexionó la niña Extranjera. «Hay que procurar estar alerta para poderlo atrapar.»

Mirando lo que está coloreado y lo que está incoloro, lo que brilla y lo que se oscurece, lo que resalta y lo que se desdibuja, la niña Extranjera hacía sus investigaciones hasta que un día, sin proponérselo, descubrió algo muy importante.

Resulta que se había mojado el pañuelo con zumo de limón, y entonces la niña Extranjera lo acercó a la llama de la vela para que se secara y ocurrió el siguiente prodigio: la mancha, que era invisible, apareció al calor del fuego.

A partir de ese momento la niña Extranjera tuvo con qué escribir. Bastaba con pedir zumo de limón en vez de leche antes de acostarse. Pidió también que al plancharle los pañuelos los almidonaran tanto que se quedaran más tiesos que una cartulina.

La niña Extranjera se hizo un cuadernito con docenas y docenas de pañuelos en los que todas las noches escribía con tinta invisible de limón en la que mojaba una varilla de abanico.

Al terminar, pasaba la vela y los renglones se iban dibujando como por obra de magia.

«Es muy importante la atención pues, en cualquier parte, la solución está esperando a que la imaginación la encuentre», fue lo primero que escribió la niña Extranjera en una página ribeteada de vainicas.

Otro día se puso a fijarse en lo que le sucedía a lo que había en la despensa. Por ejemplo a la sal y el azúcar, que parecían iguales y, sin embargo, eran tan diferentes no sólo por su sabor. Aunque tanto el azúcar como la sal pueden diluirse, la sal recupera su aspecto cuantas veces quiera. El azúcar no. El azúcar, si se quema, se vuelve líquida y oscura y, cuando se enfría, se endurece. La sal no. La fruta, para conservarse, necesita cocerse en agua y azúcar. Sin embargo, al pescado y a la carne, para conservarse, les basta sólo con meterse crudos en la sal. Porque el azúcar y la sal no están hechas de lo mismo.

«Por un lado está la apariencia: blanca y granulada, que las hace semejantes, y por otra la índole, que es lo que las distingue y les da a cada una su valor propio», anotó la niña Extranjera. «Las cosas se componen de apariencia y de índole.»

Sin embargo, encima de la mesa siempre había un ramo de flores y se dio cuenta de que no se marchitaban por igual, aunque fueran de la misma clase, tuvieran el mismo aspecto y la misma índole y estuviesen cortadas el mismo día y del mismo rosal. Cuando lo comentó con la jardinera ella la miró extrañada, como si estuviera escuchando una grandísima tontería y le dio a entender que, además, las flores no florecen todas a la vez aun cuando compartan un mismo tallo.

«Entre la semilla y la flor», escribió la niña Extranjera en su cuadernito de batista, «están los accidentes de la naturaleza y los cuidados de mi jardinera, pero hay una tercera cosa misteriosa que hace que las rosas de un mismo rosal no broten ni se marchiten a la vez».

Estaba deseando que llegara el día siguiente para buscar grupos compuestos por cosas que le parecían idénticas y averiguar qué es lo que hace que dos cosas iguales no sean la misma.

Por la mañana, escogió una fila de hormigas y se dispuso a vigilar su doble recorrido: el que iba del hormiguero a unas migas de pan y el de retorno al hormiguero. Y se dio cuenta de que, por lo menos, podían diferenciarse por el lugar que ocupaban en la hilera, pues eso les hacía llegar antes o después a la comida o al hormiguero, cargar más o quedarse sin nada, encontrar la muerte o salvarse de ella.

«Porque todo es lo mismo pero nada es igual, a pesar de su aspecto y a pesar de su índole, si se considera esa tercera cosa», insistía la niña Extranjera.

Y todos los días emprendía la búsqueda del número tres.

Pronto se sorprendió porque tenía muchas cosas que escribir cada noche en su cuadernito, pues la vida y sus tareas están en todas partes y los acontecimientos no dependen del bullicio, ni la actividad de la prisa. Además, ya no se sentía encerrada desde la noche en que escribió:

«Lo de fuera puede estar dentro y lo de dentro fuera. Lo de arriba, abajo y lo de abajo, arriba», pues se había dado cuenta de que, si cerraba las contraventanas de su dormitorio dejando entrar una franja de luz, se reflejaba en el techo perfectamente todo lo que había fuera, pero al revés y en pequeñito: la jardinera podando un seto o la lavandera con su canasto de ropa semejaban duendes de dibujos animados. Así que, a pesar de que no alcanzaba a asomarse, podía estar al corriente de todo lo que pasaba al otro lado del muro.

Se paseaba con una bandeja de plata, tan pulida que podía hacer las veces de un espejo, mirando en ella, y era como si caminase por el cielo raso. Era muy divertido ver cómo las lámparas crecían hacia arriba como palmeras, y la sensación era tan real que, cuando llegaba al dintel de una puerta, era inevitable hacer el ademán de sortearlo y levantar un pie.

«Puedo poner el mundo bocabajo», escribía la niña Extranjera, pero sin olvidarse nunca del número tres.

Mientras tanto, el padre, que era un hombre muy rico pero muy ambicioso, se dijo que si casaba bien a su hija mejoraría su situación considerablemente. Como la chica era joven y tenía fama de hermosa sería fácil encontrarle un marido que, además de pagarle un buen precio por ella, tuviese buenas influencias de las que él se pudiera beneficiar. Eso significaría también hacerle una jugada a sus adversarios. Así que empezó a tantear, entre todos los hombres conocidos por su poder y sus dominios y su fortuna, cuál le convendría más para sus planes.

Había encargado a una agencia la confección de una lista con los datos bancarios de los candidatos y, después, los visitaba y les llevaba algún regalo o los invitaba a comer. Según cómo le cayera cada uno, o lo borraba o le ponía al lado una cruz. Esta labor de selección era pesada y lenta. Él la llevaba a cabo con mucha discreción para que no le descubrieran sus intenciones, pero todo lo tenía bien calculado puesto que era un gran hombre de negocios.

Quería engatusar con amabilidades a los pretendientes para hacerlos sus aliados, los eligiera luego o no, pero también deslumbrarlos. Para ello, no se conformaba con la bien guardada belleza de su hija: una debida ostentación de lujo los persuadiría de que hacían una buena inversión. De ese modo, en la transacción él tendría la última palabra.

Entonces creyó oportuno introducir algunas reformas en la torre sin reparar en gastos, pues la ocasión lo requería y porque tarde o temprano se iba a resarcir de todo ello. Así que dispuso que se habilitara una estancia con gruesas alfombras, sillones de cuero y librerías de caoba repletas de libros con lomos de vistosos colores y cantos dorados. Con tan imponente biblioteca él podía dárselas de enterado y los pretendientes lo tendrían en mejor estima. El contenido de los libros carecía de interés para él, claro. Igual que le traían sin cuidado los sentimientos de su hija, completamente ajena al motivo de todas estas invasiones. Él pagó las facturas y dio por terminado el asunto.

La niña Extranjera recibió los cambios con alegría y gratitud por lo que le aportaban de distracción y novedad, además de que de los libros ella esperaba compañía.

Los libros eran de Aritmética, Música, Geometría, Astrología, Gramática, Retórica y Dialéctica. Al principio parecían aburridos, pero eran muy bonitos de ver y muy agradables de tocar. Algunos hasta tenían grabados.

La niña Extranjera los agrupó según sus colores, por ocuparse en algo. Eran tantos que empleó una semana, y el domingo, cuando acabó, la habitación había convertido sus paredes en una inmensa escalera de tonos del rojo al violeta.

«El rojo es para la gramática, el naranja para la retórica y el amarillo para la dialéctica: son las Artes referentes a la palabra», comprobó la niña Extranjera. «El verde, el azul, el añil y el violeta son respectivamente para la geometría, la aritmética, la astrología y la música, que pertenecen a los signos matemáticos.»

Los libros, sin embargo, le infundían cierto respeto, pero como no tenía otra cosa que hacer se sentaba en el sillón de cuero y los miraba.

«La gama del fuego es para las letras y la del frío para las cifras. Pero en el verde está el amarillo y en el violeta el rojo», escribió una noche, y al día siguiente se pasó mucho rato hojeándolos.

Y luego se atrevió y los leyó.

A la niña Extranjera seguían pareciéndole unos perfectos rollos pero, como no tenía donde elegir, insistió una y otra vez hasta que un día empezó a darles sentido y todo lo que había en las páginas significó de repente cosas maravillosas. Y entonces le gustaron, pues allí se le ofrecían las interpretaciones de aquello que observaba y las palabras precisas para poderlo expresar.

A partir de entonces, la niña Extranjera comprendía las cosas con mayor rapidez pues estas asignaturas tratan de las Artes del Entendimiento.

«No hay que desesperarse si no podemos derribar una puerta a golpes: quizá, si la estudiamos con atención, descubramos dónde está el pomo», concluyó una noche la niña Extranjera.

La niña Extranjera había iniciado su adiestramiento en la perseverancia, y los libros se convirtieron en llaves que le abrían continuamente puertas secretas.

El padre estaba dando por terminada la segunda fase de las eliminatorias. El número de candidatos que respondía a los requisitos exigidos se iba reduciendo. El tiempo empezó su cuenta atrás y el padre, ni corto ni perezoso, mandó a la torre un telegrama anunciando la llegada de un ajuar costosísimo, advirtiendo la conveniencia de que la niña bordase en cada pieza alguna cosita para darse a valer ante los candidatos.

La niña Extranjera, cuando vio tanta sábana y tanta mantelería a su disposición, se puso a saltar de contento porque los pañuelos se le estaban acabando ya. Y ahora, no al acostarse, sino con las primeras luces de la mañana, abría su costurero y ajustaba la tela en el bastidor.

«Dos energías enlazadas por una tercera cosa forman un átomo», bordó primorosamente la niña Extranjera en el festón de la sábana nupcial.

El padre, después de varias entrevistas por las cinco partes del mundo, había eliminado a casi todos los magnates de Oriente y Occidente y, en su cabeza, ya había destacado a un favorito entre tres. El negocio de la boda iba progresando. Satisfecho, ordenó que en la torre se instalara una piscina cubierta y se abriera en el muro dos ventanas que dieran al jardín. Según él, eso le haría parecer un hombre de mundo ante los pretendientes.

Le presentaron toda clase de proyectos y él eligió uno que le recordaba a la piscina del Magnate Mayor. El Magnate Mayor acababa de morir y sólo había dejado una hija. Pero, por suerte, la hija del Magnate Mayor estaba ya casada: por lo menos no le haría a su hija la competencia. El padre, una vez que aprobó los presupuestos de las obras y contrató a la constructora, se desentendió completamente de todo ello, como de costumbre.

Por fin, llegó el día de la última prueba. El padre fue a la torre dispuesto a recibir a los tres pretendientes. Los reuniría en la biblioteca para tomar un aperitivo y de paso proceder a la proclamación del vencedor. Pero, antes de la hora de la cita, aprovechó para pasar revista al resto de sus posesiones. Naturalmente, primero solicitó que la niña Extranjera fuera traída ante su presencia, y una vez que la tuvo delante le ordenó que se quitase los velos.

La niña Extranjera salió de los tules como una mariposa rasgando la crisálida. Pero no tenía nada de etérea. Su belleza era la fuerza, la pureza y la decisión. El confinamiento la había convertido en una imagen de alabastro con los ojos atentos: las pupilas de un azul imperturbable y una mirada tan aguda como pinzas. La boca, adiestrada en el silencio, no estaba acostumbrada a la queja ni a la súplica y los labios, al entreabrirse, más que solicitar respuestas, las exigían. Sus manos aún sostenían la orla del velo entre unos dedos ágiles y seguros. Y estaba descalza.

Sus pies apoyaban las plantas contra el suelo como si brotaran del mármol. El pelo, que jamás le habían cortado, le caía a ambos lados de la cara y le llegaba hasta el filo del vestido: una túnica de terciopelo color guinda, tan oscuro como sus labios, que asomaba apenas una delgada cuchilla entre las ondas. Un bucle se le había enroscado en el tobillo. Blanca, roja y azul, parecía engastada en ébano.

El padre se frotó las manos de gusto.

—Vale una mina de oro tartesio. Lástima que no esté más rellenita, pues haría pagar su peso en lingotes. Veamos ahora la piscina —dijo.

El recinto era una torre octogonal. La piscina, en el centro, abría un octógono de agua purísima. Tres ventanas hacían cruzar al cielo en una triple diagonal de luz y lo plasmaban en el muro contrario como tres láminas de oro.

—Ésta no es la obra que encargué —bramó el padre.

—Esto es la obra unificada —dijo la niña Extranjera serenamente.

—¿Qué significa eso? —quiso saber el padre.

—Que he unido lo que está fuera con lo que está dentro. He construido alrededor de mí lo que está en mi interior, para poderme observar —dijo la niña Extranjera—. Mira —añadió, ilusionada de poder comunicar sus ideas a alguien—: ocho lados y ocho lados, dieciséis, que es mi edad. Y estas ventanas iguales que iluminan toda la estancia representan la contemplación, el amor y la acción, que tienen que ir unidos para vislumbrar el centro de las cosas.

—Yo dije dos ventanas. Con dos ventanas era suficiente —dijo el padre obstinado.

—Pero fíjate en la luz —explicó la niña Extranjera—. La luz, que es una aunque se divida en tres, me recuerda que son tres las cosas que hay en cada cosa.

—¿Qué cosas? —se impacientó el padre.

—Por ejemplo el agua —dijo la niña Extranjera metiendo su mano en la piscina—, que es dos partes de hidrógeno y una de oxígeno y una tercera cosa que no conoce nadie...

—Cállate y no digas estupideces —la interrumpió furioso el padre, sin sospechar que su hija era doctora en Artes Liberales.

Sin embargo, a su pesar, tuvo que reconocer que la piscina superaba con creces lo que él había previsto. Y se calmó.

Cuando padre e hija entraron en la biblioteca, los tres pretendientes se levantaron de sus asientos estupefactos. Jamás habían visto una belleza parecida.

—Hija —dijo entonces el padre muy ufano, pues se había dado cuenta de que los tenía en el bote—, éstos son los tres finalistas de entre todos los hombres poderosos y acaudalados que me han pedido tu mano.

—Dices bien: *mi* mano —respondió la niña Extranjera pausadamente ofreciendo sus dos palmas abiertas—. ¿Y cuál de ellas quieres arrancarme?

—Disculpadla —quiso disimular el padre—, se ha criado fuera del mundo y no entiende que esto no es más que una forma de hablar. Lo que quiero decir, tontita, es que estos caballeros me han pedido permiso para casarse contigo.

—Entiendo perfectamente la frase —dijo la niña Extranjera con gran firmeza—. Lo que no entiendo es por qué tres desconocidos tienen que pedirte permiso a ti para disponer de mi persona.

—Porque yo soy tu padre —repuso el padre fingiendo condescendencia ante las visitas.

—Bien, pues entonces tendría que ser yo, tu hija, quien pidiera consejo a tu experiencia, y a tu amor la bendición, si resolviera casarme o no casarme. Apreciaría tu parecer y agradecería tu aprobación, pero no te comprometería en nada más: entiéndelo bien. Porque elegir una norma de vida depende de mi absoluta responsabilidad y no de tu permiso o de tus órdenes.

—No seas insolente —rugió el padre dándole una bofetada.
—Papá, mi obligación para commigo misma está por encima de los pactos que hayas hecho con ningún extraño.
—Tu única obligación es honrar a tu padre —intervino uno de los pretendientes.
—¿Qué honra podría dar si no tuviera respeto por mi propio honor? Para honrar dignamente, primero hay que ser digno de honrar —contestó la niña Extranjera.
—Honrar o no honrar no hace ahora al caso —se impacientó el segundo pretendiente—. Lo importante es que le obedezcas.
—Una cosa es obedecer, que es un acto de la voluntad, y otra aniquilarse, que es un acto de degradación —puntualizó la niña Extranjera cortésmente.
—Señores, es hija única y está un poco mimada, pero una buena tunda de vez en cuando es un remedio infalible para que mantenga cerrado el pico —se apresuró a decir el padre, alarmado de que sus cálculos se le fueran a pique.
—Bueno, bueno —dijo el tercer pretendiente tratándola como si fuera peor que boba—, con lo guapa que eres no tienes por qué jugar a ser tan razonable. Las niñas marisabidillas se ponen muy feas y se quedan solteronas y amargadas.
—No puedo consentir —estalló entonces la niña Extranjera con extraordinaria vehemencia—, no puedo consentir que se tome la Belleza como pretexto para insultarme en mi inteligencia y en mi libertad.
—Vámonos de aquí —dijeron más o menos los tres pretendientes—: parecía una muñequita andadora y es una bomba de relojería.
—¡Desgraciada! —prosiguió el padre usando como látigo su correa—. Esto te enseñará modales.
—Sé muy bien lo que quieren decir los modales: hablas de conceder mi mano en el lenguaje refinado del mundo, pero el hecho es que me venderás como a una yegua.

—Harás lo que te ordene porque soy tu padre.

—Entre nosotros está la herencia de la sangre y los vínculos de la ley. Pero existe una tercera cosa que es el albedrío, y es más fuerte que las otras dos.

—Te mataré —dijo el padre, fuera de sí.

—Podrás convertir el agua en vapor o en hielo —gritó la niña Extranjera—, pero siempre será Hache-Dos-O.

El padre se precipitó hacia ella y ella escapó al monte y se refugió en una gruta. Pero parte de sus cabellos se quedaron fuera, asomando como pequeñas culebras. Y el padre la descubrió.

Ahora tengo que escribir que el padre, con la media luna de su alfanje, le cortó la cabeza. Y que, cuando el padre bajaba del monte, un fuego misterioso cayó del cielo y lo redujo a cenizas.

Extranjera es el significado de «Bárbara».

Ésta es la historia de santa Bárbara, la valerosa y sabia niña de Turquía que es la patrona de todas las profesiones de alto riesgo y precisión. La que protege a los que excavan en las entrañas de la tierra y a los que apagan los fuegos. La que tiene poder sobre las tempestades y tormentas. La que ha dado su nombre a los almacenes de explosivos que usan los buques de la Armada. La que, en las universidades medievales, presidía la defensa de las tesis de los jóvenes arquitectos. La que está flanqueada por dos granadas de artillería y lleva entre sus brazos una torre con tres ventanas, como la de la carta XVI del Tarot.

Pero con esto no quiero desviar el asunto. No quiero engañar. Por muy triunfal que pueda parecer el desenlace, las injusticias sólo crean víctimas. Y la violencia es germen de venganza. Y la tiranía, de desesperación. Y reprimir sistemáticamente es como cercar con fuego un polvorín.

Además esta historia no es una fábula. Es verdad. Todavía es verdad.

Aún hay chicas asesinadas por no llevar un velo, por querer estudiar, por pretender dirigir sus propios destinos.

Aún hay chicas encerradas en sí mismas confiadas a la tutela de sus padres o de sus maridos porque no pueden decidir.

Aún hay chicas a las que se les niega el derecho a desarrollar su inteligencia y a ejercer su libertad.

Aún hay chicas silenciadas. Chicas de las que no hablará nadie.

Pero ésta no es una historia de chicas y sólo para chicas.

Todos tenemos una torre en nuestro interior.

Parte de nosotros permanece en esa torre interior.

Algunos entran allí atemorizados, sin atreverse a abrir las ventanas para saber qué es lo que hay fuera.

Algunos saben lo que hay, pero prefieren esconderlo de sí mismos para no tener que defenderlo ante los demás.

Algunos se olvidan de lo que han dejado en la torre y viven intentando encontrar fuera algo parecido.

Algunos tienen miedo a sacar algo de la torre. Por si pierden algo. Por si les quitan algo.

Algunos querrían, pero les da vergüenza mostrar, regalar algo.

Algunos están completamente encerrados en la torre, no quieren salir de la torre. No quieren correr el riesgo de ser señalados como extranjeros y extraños y diferentes.

Algunos no tienen valor.

LA CUEVA DE LA DONCELLA

Esto era de cuando las doncellas permanecían en las cuevas de los dragones hasta que un caballero las rescataba. Ninguna estaba allí mucho tiempo, es verdad; a menudo, nada más el dragón comenzaba a descerrajar las mandíbulas, aparecía un caballero, le rebanaba la cabeza al dragón y se llevaba a la doncella para convertirla en buena esposa y prolífica madre de familia.

Claro que, a veces, el caballero se retrasaba y entonces la doncella tenía que entretener al dragón. Para ello, dadas las dimensiones que las cuevas solían tener, sólo les era permitido contar con un arpa, porque la música amansa a las fieras, o con una rueca, porque entre su zumbido y el girar del huso las hipnotizaba.

Pero la doncella de esta historia no contaba ni con una cosa ni con la otra. Con arpa no porque, cuando le tocó el turno a su hermana Rosaura, la muy boba se la dejó en la cueva con gran disgusto de todos, pues era un arpa de familia y se la habían estado pasando de madres a hijas desde el tiempo en el que el rey David la inventara. Y con rueca tampoco pues estaban prohibidas en ese reino desde lo de la Bella Durmiente. Así que no tuvo otra solución que descolgar el tapiz de la cabecera de su cama, enrollarlo y tirar para adelante con él en ristre.

Era un tapiz muy curioso con muchas figuras extrañas y, desde que ella podía recordar, se había pasado las noches contándose historias sobre los dibujos. Las historias se entrelazaban, se agrupaban o se expandían inquietantes siguiendo los colores de los hilos. Entre el parpadeo de la lámpara de aceite ella adivinaba manchas raras que a veces eran ojos, lenguas, frutas, pájaros o navíos en animada acción. Nada de lo que pudiera soñar dormida podía comparársele a los fabulosos mundos que entreveía despierta.

Pues bueno, una vez que entró en la cueva nuestra doncella, el dragón se preparó para dar buena cuenta de su persona, pero entonces ella desenrolló una esquinita del tapiz. Sólo la esquinita, porque desde luego estaban muy estrechos y no había sitio para nada.

—Veo veo —se puso a decir, pero apenas había comenzado a interesar al dragón cuando en la tierra retumbaron los cascos de un caballo, señal de que un caballero estaba al llegar. Ella enseguida despejó todo, se sacudió las faldas, se ahuecó los pliegues, se colocó las trenzas en su sitio, se pellizcó las mejillas, se mordió los labios y se puso en posición de rezar para que la sorprendieran como Dios manda.

Y en esto que cesó el galope y a la entrada de la cueva relampagueó un escudo y se inflamó una espada, y el dragón cesó de relamerse y se dio la media vuelta para atacar, y el caballero retrocedió para coger carrerilla y entonces la doncella, que estaba mirando de reojo para no perderse nada, se dio cuenta de que el tal caballero no era caballero, ni muchísimo menos, porque no resaltaba en su armadura ni en su escudo ninguna divisa de caballería.

La divisa, según el diccionario, es una señal exterior para distinguir personas, grados u otras cosas. O sea que lo mismo puede ser un logotipo o una marca o el distintivo de un club de fútbol o de los colores de una ganadería, y basta con convenirlo y registrarlo. Pero en caballería esta señal es el «blasón» del escudo de armas, y un escudo de armas no se improvisa así como así. Cada figura, cada color, significa «honor y gloria» por las hazañas y méritos de su dueño y, por lo tanto, uno debe ganárselo a pulso.

Contra los dragones sólo valen la espada de la Verdad y el escudo de la Virtud con su blasón correspondiente, equipamiento al que, sin estar armado caballero, como queda dicho, no tiene acceso nadie. Y aún más, si se consiguen estas cosas por cualquier otro procedimiento, no reportarán ninguna utilidad porque la Verdad y la Virtud no son talismanes, sino cualidades que se adquieren mediante el ejercicio y la perseverancia. Comprar todas las medallas olímpicas que haya adornará mucho la vitrina de alguien, pero no le van a hacer batir ningún récord; ni el falsificar títulos académicos servirá para insuflar ciencia alguna al que los cuelgue en su despacho.

Por eso, la doncella, al tanto del peligro que su presunto salvador corría, decidió intervenir: le dio con el tapiz enrollado un mandoble al dragón que lo dejó, por lo pronto, fuera de combate.

—Deteneos —gritó a continuación la doncella, interponiéndose para cerrar la entrada—. Deteneos y no oséis introducir vuestra espada en este lugar, pues no está ungida y os puede suceder cualquier desgracia horrible.

El no-caballero frenó justo a tiempo, descendió del caballo, se arrodilló ante ella, levantó la visera de su yelmo y dejó ver el dulce ámbar de sus ojos, su nariz delicada, la playa de sus mejillas, el hoyo del mentón y sus labios firmes como los bordes de una concha púrpura.

—Señora —dijo él con mucha educación—, me llamo Jorge y si me concedéis el alto privilegio de entrar en vuestra cueva...

—De ningún modo. No estáis entrenado para ciertas cosas —le atajó la doncella.

—Ya lo sé —admitió Jorge—, pero nadie nace sabiendo y alguna vez hay que dar el primer paso.

—Pero nunca delante de un precipicio —respondió la doncella, juiciosa.

—Vos merecéis mi suerte, sea cual sea —dijo Jorge, galante.

—A mí no me hagáis responsable de vuestro destino —replicó la doncella, molesta por semejante atrevimiento—. No soy de esa clase de persona.

—¡Por favor! —suplicó Jorge—: ¡permitidme que os deba mi gloria o mi muerte!

—Me parece muy arriesgado contraer tales deudas con alguien al que no se conoce de nada —se obstinó la doncella.

—Hacedme la merced de aceptar mi vida en prenda a cambio de vuestro rescate —se obstinó a su vez Jorge—. Quiero ser caballero. Dadme una oportunidad y seré vuestro para siempre.

—Bastante hemos hablado —le interrumpió ella sin dejarse impresionar y, ni corta ni perezosa, metió uno de sus piececitos en la boca del dragón, que estaba traspuesto todavía, para que el tal Jorge viera que era capaz de dejarse devorar y todo lo que fuera menester, antes que comprometerlo en una empresa de la que podía salir muy mal parado.

Y, por lo tanto, el muchacho desistió y, sin perder más el tiempo, se dirigió hacia otros territorios donde su afán de adquirir experiencia caballeresca tuviera más ocasiones.

Se marchó, pues, Jorge, y por el camino encontró otra cueva con su doncella y su dragón rugiente. Ninguno de los dos le puso mayores problemas que los propios de las circunstancias y se prestaron a colaborar en el experimento. Con lo cual, en menos de un cuarto de hora, él se llevó a la grupa a la una, tan ricamente, después de haberle tajado al otro sus siete terroríficas cabezas. Gracias a los méritos de esta valerosa hazaña, estuvo en grado de armarse caballero, portar divisa propia y convertir a la doncella en cuestión en buena esposa y prolífera madre de familia.

Y se dispusieron a vivir felices, como suele suceder en los cuentos cuando ya se acaba el cuento, en un castillo de seis torres, un torreón y el blasón correspondiente esculpido sobre la puerta principal.

Pero, bueno, esto no tiene nada que ver con nuestra primera doncella, que se encontró con que el dragón volvía a revivir y a querérsela merendar, así que, con mucha paciencia, desenrolló de nuevo la esquinita del tapiz para seguir engatusándolo con el veo-veo.

No se sabe cuánto tiempo pasó, pero la doncella consiguió que el dragón se aficionara a las figuras del tapiz y, como era tan difícil extenderlo, hasta él mismo ayudó a cortarlo pedacito por pedacito para que fuera más manejable. El dragón con sus uñas puntiagudas sacaba los hilos de la trama como para hacer vainicas, y entonces ella podía cortar sin torcerse con las tijeritas del neceser. No había mencionado antes el neceser pero se entiende que, si una puede cargar con arpas y ruecas, qué le puede estorbar un neceser, sobre todo cuando existe la probabilidad de pasar la noche fuera de casa.

En el neceser había un gran surtido de imperdibles por si acaso el dragón, en un momento de descuido de ella o de vehemencia de él, le hacía algún desgarrón pudiese la doncella remediar el desperfecto antes de que el caballero se percatara. Es cierto que, como cada vez que se le cortaba la cabeza se volvía a regenerar hasta llegar a siete, había tiempo sobrado para hacerse una costura en condiciones. Lo que pasa es que con la cueva ocupada y entre una cosa y otra no había ni luz ni manera para enhebrar una aguja tranquilamente y, a pesar de que lo de los imperdibles era una reverendísima chapucería, se trataba de un caso de emergencia sin discusión.

Con estos imperdibles la doncella fue uniendo las piezas del tapiz en grupos, como si fuesen libros. Cada uno trataba de una historia distinta, según sus matices cromáticos, los accidentes de su trama y los vericuetos de sus cenefas. Había historias de sirenas y tesoros, de monstruos y hechiceros, de estrellas y navíos, de bandidos y fantasmas. Pero la que más le gustaba al dragón era una que trataba de ellos, o casi.

—Veo-veo —empezaba la doncella.
—¿Qué ves? —respondía obediente el dragón.
—Veo lejos, muy lejos, un condado próspero y feliz.
—¿Y qué más?
—Ésta es la gente que es muy laboriosa y vive en paz con su prójimo.
La doncella iba señalando con el dedo siguiendo los contornos de colores:
—Las casitas... los pozos... los árboles... los rebaños de ovejas pastando... las lavanderas en el río... el molino de viento... las veredijas de romero... las abejas...
—¿Y qué más?
La doncella, muy muy despacito, iba pasando las páginas.
—El conde. ¿Lo ves? Está muy satisfecho por la cosecha de manzanas y ha decidido dar una fiesta para celebrarlo. Éstas son las mesas para el banquete, éstos son los barriles de vino, y esta montaña es de manzanas rojas, esta otra de manzanas verdes y ésta de manzanas amarillas. Mira, por aquí viene el cortejo de músicos...
—¿Y qué más?
—Éstas son las guirnaldas de laurel fresco y éstas son las banderitas de papel de seda y éste es un buey enorme asándose... Todo esto son los troncos de leña para el fuego.
—Y ahora yo aparezco por detrás de los troncos...
—No, todavía no, pesado. Espera a que todos se sienten y empiece la diversión.

—Pero, mientras, ¿dónde estoy? Pasa ya esta página.
—Tú estás aquí, en este lago azul turquesa, sumergido. Por eso no te ve nadie.
—Yo los acecho así, quieto quieto.
—¿Ves estas cintas enredadas? Son las pérgolas: los jóvenes están aquí debajo, bailando. Tú escuchas la música y entonces te enfureces y entras en acción.
—Gruuuuug, gruuuuug, gruuuuug.
—Eso. Entonces el conde manda a este grupo de soldados para que investiguen, pero cuando sacas la cabeza salen huyendo despavoridos.
—¡A que sí! Gruuuuug...
—Ya vuelven otra vez, pero son muchos más y traen todos los cuchillos, hachas, palos y bolas de hierro que han encontrado.
—¿Y qué me hacen?
—Nada. Tú eres tan fiero y descomunal que las lanzas de hierro son para ti palillos mondadientes.
—Ja, ja, ja: no me dais miedo, mequetrefes. ¡Acercaos!
—Tú tienes hambre y se te hace la boca agua a la vista de tan ricos manjares.
—¡Soy una trituradora! ¡Venid a que os hinque los dientes!... Di: ¿me los como ya?
—No, hombre.
—Pero es que tengo un hambre devoradora, y si ellos se me ponen a tiro... Anda, sólo un bocadito...
—Que no. Mira, aquí están lanzándote el buey al lago y ovejas estofadas y pavos rellenos para que te los comas.
—¡Uhmmm!, ¡qué rico!
—¿Te gusta? Bueno, pues a partir de este momento tienen que echarte de comer cada tres horas porque, de lo contrario, saldrías del lago y te los zamparías sin dejar de ellos ni las raspas.
—Y están asustados, ¿no?
—Muertos de miedo.

—Y eso que no saben que les estoy infectando el lago y que el olor a putrefacción les va a llegar hasta sus casas, les va a contaminar el ambiente y se van a asfixiar.

—No seas tonto, si se mueren te los vas a tener que comer todos de golpe, y puedes reventar de la indigestión: si no lo haces se te van a estropear, ¿no ves que no están congelados, ni tienen conservantes ni nada? Y como te los comas caducados o en malas condiciones, pues te intoxicas.

—¡Ah!, ¿y entonces qué hago?

—Tú te esperas a que te vayan trayendo todos los animales uno por uno hasta que se les acaben las vacas, las cabras, los corderos, los conejos y los pollos en cien leguas a la redonda.

—Y los gatos y los perros y los patos y las codornices...

—Total, que el condado está aterrorizado, pues la gente no sabe qué hacer para seguir manteniéndote. Se están gastando mucho dinero en traerte comida de otros lugares. Aquí, en esta esquina, detrás de estas matas de acanto, está el Consejo, que es esta granada y los granitos de dentro son todos, que se han reunido con sus birretinas rojas como enanitos. Están deliberando cómo acabar contigo antes de que tú acabes con ellos. Llevan horas discutiendo y cavilando. Algunos muestran unos ingenios que han ideado para capturarte y tratan de conseguir voluntarios para que los hagan funcionar.

—Yo quiero empezar a comerme a la gente cruda ya mismo.

—Han decidido, a la desesperada, hacer cada día un sorteo y echarte a la persona que le toque la china.

—¿Y cuándo te va a tocar a ti?

—Enseguida. No llega a la semana y media. Mira, aquí estoy yo: esta corola blanca. Yo era la hija del conde y acabo de sacar la piedra negra, esta especie de hojita oscura, ¿la ves?, que es mi sentencia de muerte. Mi padre no quiere entregarme y dice que me va a canjear a cambio de todo el oro y la plata que tiene en el salón del tesoro. Pero sus súbditos se le han rebelado y lo están amenazando con quemarlo vivo por no cumplir lo pactado como todos los demás. Esta especie de zarza son las puntas de las flechas que están apuntando al conde, mi padre. Yo no tengo más remedio que despedirme del mundo y salir a tu encuentro.

—Huuuummmm..., ¡huelo a carne humana!

—Yo voy llorando. Es un día radiante y la vereda está toda cuajada de margaritas. Mi padre, cuando cumplí quince años, me prometió llenar el castillo de margaritas el día de mi boda; pero ya no hay bodas que valgan. Estoy pensando en esas cosas tristes cuando, casualmente, se me cruza en el camino un caballero. Es este sol, ¿sabes?, porque su armadura es tan resplandeciente y está tan bruñida que parece un espejo de oro, y el penacho de su yelmo es tan suave y tan vaporoso como la clara a punto de nieve. Descabalga y me pregunta la razón de mi pena. «¿Qué hace una novia», dice: porque yo voy con mi traje de novia, para que me sirva de mortaja, «qué hace una novia», repite él, «sola por los caminos y deshecha en llanto con el día tan bonito que hace?». Pero yo le digo que se monte en su caballo y que salga corriendo y se salve porque tengo miedo de que, si lo pillas conmigo, igual también te lo comes y yo no quiero irme al otro mundo con ese cargo de conciencia. Él no se mueve del sitio y me pide que le explique detalladamente mi caso, y cuando acabo de contarlo va y me dice: «Hija, no tengas miedo, yo soy san Jorge y te voy a ayudar».

—Entonces yo asomo la cabeza de debajo de las aguas pestilentes y digo: «¡Sí, ya, que te crees tú eso!».

—El caballero acto seguido se santigua, sube al caballo de un salto, hace un par de molinetes con la lanza, se la enristra y, picando espuelas, se va enflechado hacia ti. Prepárate. En cuanto te tiene a su alcance te hunde la lanza justo en el centro del corazón y ¡zas!, te deja en el sitio.

—No, eso no vale. No me tiene que matar.

—Bueno, pues lo que hace su lanza cuando te llega al corazón es convertirlo en un corazón de oro, ¿vale? Oro de ley.

—No sé en qué consiste eso.

—Sí: en que te haces bueno y manso. Entonces me dice san Jorge: «Quítate el cinturón y átaselo al cuello».

—Eso ni hablar.

—Y desde entonces tú eres mi animal de compañía favorito.

—No, no y no. Quita esa página. Yo sólo quiero hacer cosas tremendas. Yo os tengo que devorar a los dos con caballo y todo.

—Pero ¡cómo vas a devorar a san Jorge!

—¿Y por qué no? ¿A ti no te gustan los huesos de santos?

—Que no puede ser. En todo caso, cuando te hinque la lanza tú vas y, ¡pum!, te esfumas en el aire como una columna de humo, y en el lugar donde cayó la sangre pues brota un rosal de rosas rojas.

—Pero, por lo menos, antes te como.

—No, no insistas. No tiene ningún sentido que me comas delante de las narices de san Jorge.

—Que sí, ¡mira!: yo te como. Y, en vez del rosal (que eso son tonterías de los cuentos de hadas), pues yo voy y te vomito después si quieres.

—¡Te he dicho que no!

Con el final jamás se ponían de acuerdo, pues el dragón no quería ser amansado ni tampoco que lo hicieran picadillo y la doncella quería ser salvada a todo trance porque no le hacía ninguna ilusión morir teniendo, tan a la mano, a un santo y a un caballero andante en una sola pieza. Y lo de ser vomitada, menos: eso era una guarrería. Así que no había un desenlace fijo, con lo cual el dragón siempre estaba intrigado y jamás satisfecho y la última página no terminó nunca de prenderse con las demás.

En lo que sí coincidieron fue en llamar al condado «Barcelona», que, aunque no sabían qué quería decir ni recordaban cómo ni de dónde salió ese nombre, les parecía una palabra mágica.

Dos reinos más allá el primer Jorge, que ya era caballero, pensaba a menudo en aquella doncella que rechazó el auxilio de su espada sin atreverse a imaginar la continuación, porque era demasiado obvia y demasiado truculenta. Pero el recuerdo le rondaba continuamente, y esa obsesión muchas noches no le dejaba dormir. Le torturaba el haber hecho caso a la doncella, haberse dejado convencer tan fácilmente. Le era imposible dejar de revivir ese momento sin sentirse culpable por haber seguido, sin más, su camino.

–No soy un verdadero caballero, no merezco los blasones de mi escudo –se lamentaba–: dejarla a merced de una fiera sólo porque a ella se le había metido en la cabeza protegerme de Dios sabe qué peligro, no es suficiente excusa.

No. Eso no había estado bien. Eso no era, desde luego, una acción de la que se enorgulleciera.

Un día decidió descargar su pesadumbre. Pero cuando le abrió el corazón a su esposa, su esposa no le dio mayor importancia, solamente dijo «Peor para ella» con cara de estar pensando «Mejor para mí». Abrió su corazón al hijo mayor y el hijo mayor dijo «Qué necia», y se rió. Abrió su corazón al mediano y el mediano dijo «Pobre chica», y se puso serio. Abrió su corazón, finalmente, al más chico de los tres, pero el más chico de los tres no dijo nada. Y él volvió a hundirse en los remordimientos.

Pero, el más chico de los tres, sin comentar nada a nadie, buscó mapas en los desvanes, se aprendió los nombres de las estrellas y se ejercitó en fuerza y rapidez hasta que fue diestro en el manejo del escudo y la espada. Y una noche salió del castillo de las seis torres y un torreón, pero no por la puerta principal. Por fin había conseguido crecer y robustecerse lo suficiente como para ajustarse la armadura de su padre y soportarla. Sólo llevaba una hogaza de pan y una bota con clarete.

Noche tras noche cabalgó sin descanso cruzando parajes desconocidos, lo mismo desiertos que selvas, praderas que pantanos y, conforme avanzaba por el camino que le señalaba el cielo, la impaciencia le ardía en el corazón.

Cada anochecer, antes de ponerse en camino, se santiguaba, tomaba un pellizco de pan, bebía un sorbo de vino sin permitirse otro alimento porque, de noche, era imposible distinguir los árboles frutales de los venenosos, las fuentes puras de las emponzoñadas y no era el caso. Por eso, al llegar a la cueva sólo pudo decir: «Señora, soy Jorge», y cayó desfallecido. La doncella entonces salió, se arrodilló junto a él, le levantó la visera del yelmo y pudo ver el dulce ámbar de sus ojos, su nariz delicada, la playa de sus mejillas, el hoyo del mentón y los labios firmes como los bordes de una concha púrpura. Pero también vio, menos mal, el escudo refulgiendo de caballerescos blasones y se dio, finalmente, por rescatada.

Con destreza montó en el corcel del caballero desvanecido y, tomando imperiosamente las bridas, le ordenó: «Andando». Pero el corcel dobló las rodillas, fatigado ante la idea de volver a sufrir las calamidades pasadas, y la doncella tuvo la sensación de que había llegado el momento de desesperarse de una vez por todas.

No pudo, sin embargo. Ni le dio tiempo a deshacerse las trenzas siquiera: el dragón, que la había estado observando como quien no quiere la cosa, se echó al hombro derecho el corcel moribundo y en el izquierdo al supuesto caballero y a la doncella y, como era un dragón volador, en menos de nada los puso en la puerta de la casa de él.

Los padres del joven Jorge, que habían estado deshechos con su escapada, cuando lo encontraron en tal mal estado, en vez de regañarle, lo metieron en la cama y le dieron friegas de alcohol y cosas ricas. Pero nadie reparó ni en el dragón ni en la doncella. Ninguno de los de la casa, se entiende, porque los curiosos no dejaron de importunar metiendo las narices por los barrotes de la verja del jardín y queriéndolo saber todo con pelos y señales. Entonces la doncella respondía muy amablemente contándoles la historia que tanto le gustaba al dragón.

–En un condado llamado Barcelona, apareció un terrible dragón que les infectaba el lago y que, para mantenerlo a raya, los habitantes tuvieron que ir sacrificando sus ganados, sus rebaños y sus corrales, y cuando acabaron con los animales no tuvieron más remedio que entregarse ellos mismos. Las víctimas se designaban diariamente mediante sorteo hasta que un día le tocó a la hija del conde. Como cualquier hijo de vecino, el conde, deshecho en llanto, la despidió y la joven se dirigió al lago siniestro sumida en negros presagios. Pero grande fue su sorpresa cuando la alcanzó al galope el joven Jorge y, enterado de su trágica suerte, no vaciló en poner a su disposición su valor y su lanza...

La gente escuchaba fascinada esa fantástica historia del dragón terrible, la doncella sacrificada y el caballero de la lanza milagrosa, por lo que se difundió rápidamente. Antes de que cayese el sol, la hazaña del joven Jorge ya había saltado las murallas y sobrepasado las fronteras y, a medida que la historia se relataba y se expandía, progresaban los preparativos para que el joven Jorge ingresara en la Orden de Caballería tan pronto como se reanimase.

Y claro, la doncella se dio cuenta, aparte de que ya no estaba en edad de convertirse en buena esposa ni prolífera madre de nadie, de que este caballero tampoco era caballero pero que, según lo que ella atestiguara, lo podría llegar a ser.

Desde luego, nadie mejor que ella sabía que el joven no le había dado a su espada el uso debido, pero ya había vivido lo bastante y había urdido suficientes peripecias y sabía que las cosas son verdad cuando se cree en ellas y veía las cosas de manera diferente a como las veía cuando, el Jorge padre, le quiso dar la oportunidad de ser la madre de Jorge hijo. Y decidió que si el chico iba a ser armado caballero ella no pondría obstáculos. Es más, le ayudaría a estrenar su espada mediante cualquier otra prueba que lo hiciera acreedor de un escudo con blasón propio sin necesidad de matar a su amigo el dragón.

Por eso, cuando estaba para clarear el día siguiente, entró en la alcoba del chico. Y, aprovechando que su voz, ejercitada en persuadir y encantar, era fresca y armoniosa se deslizó entre los doseles de la cama del joven Jorge.

—Deseo una cosa de vos —le dijo.

—Lo que deseéis es vuestro —respondió el joven Jorge, espabilándose en el acto.

—Antes de que el sol se beba el rocío de los parques cortadme una flor —dijo ella.

Entonces, el joven Jorge saltó de la cama, enarboló su espada virginal, corrió al jardín y cortó una rosa blanca, que enrojeció al instante como si se hubiera sumergido en un charco escarlata.

Así la espada hizo su servicio.

El joven Jorge, con una rodilla en tierra, entregó a la doncella la rosa transfigurada.

—Señora...

Los labios del joven Jorge se posaron delicadamente sobre el tallo de la rosa y en uno de los dedos que lo sostenían: el dedo corazón.

—Yo también quisiera obsequiaros —dijo ella emocionada y, rebuscando en la amplitud de sus faldas, añadió cuando encontró lo que quería—: Tomad. Todo lo que pasó en la cueva está aquí. Ésta es mi declaración.

Y le dio el libro.

—Le falta el final —observó el joven Jorge.

—El final es una rosa roja —fue el comentario de ella.

Y se dio la vuelta lo más dignamente que pudo, aguantando

las ganas de correr, pues tenía miedo de que el sol, que empezaba a encenderse, le jugase una mala pasada.

La doncella desprendió del tallo de la rosa el beso del joven Jorge y se lo ensortijó sobre el otro beso, que temblaba en su dedo corazón, y se sujetó la rosa en el pelo cerca, muy cerca de su mejilla. Buscó luego al dragón y juntos regresaron a la cueva a seguir descubriendo historias fabulosas en los montoncitos del tapiz porque, fuera de allí, ya no se hallaban.

Al principio todo el mundo preguntaba por la doncella, e incluso la estuvieron buscando para que ratificara su testimonio y se casara con el joven Jorge y etcétera, hasta que se cansaron y la olvidaron. Y nadie supo nada más de ella. Ni, por supuesto, del dragón.

Ni ellos supieron que, cada 23 de abril, los jóvenes de un condado llamado Barcelona se regalan libros y rosas rojas porque es San Jorge, ni que las Cortes Catalanas lo eligieron patrón de Cataluña, ni que el día de San Jorge es también el Día del Libro.

Claro que, el joven Jorge, se llamaba así por su padre y su padre por el san Jorge auténtico, ese santo que celebra su día el 23 de abril y que tiene una historia bien diferente aunque no por ello menos prodigiosa.

Era un caballero de Georgia, una tierra mítica cuyas leyendas inspiraron a los más célebres poetas de la antigüedad. Sufrió durante siete años y en presencia de setenta reyes toda clase de pruebas de las que salió victorioso, e incluso, por tres veces, desafió a la muerte escapando de su dominio. Lo que pasa es que todo el mundo lo confunde con el san Jorge de la historia del tapiz, ese valeroso caballero que cabalgó por la imaginación de una doncella cautiva desafiando dragones y cortando rosas rojas.

Con ese pretexto, algunos que se pasan de listos vienen diciendo que el tal san Jorge no es verdad porque no existió nunca. Como si sólo fueran verdad las cosas regidas por el tiempo y la materia.

El san Jorge de Georgia, por lo pronto, fue y es y seguirá siendo porque, existiera o no existiera, se trata de una alegoría. Sus suplicios y sus resurrecciones representan los procesos a los que el individuo debe someterse para alcanzar el conocimiento de sí mismo. Las tradiciones secretas de las órdenes de caballería enseñan cómo vencer las leyes de la materia y del tiempo, y san Jorge es el santo protector que simboliza, defiende y guarda esta sabiduría oculta. Se le identifica como un caballero, a pesar de que no pertenezca a ninguna orden de caballería concreta, porque «caballero», en lenguaje simbólico, quiere decir «cabalista»; y «caballo», «Cábala». Al igual que para manejar un arma no sólo hace falta fuerza sino pericia, para ser experto en la Cábala no basta con saber leer con los ojos. Cada letra es un número, cada palabra un sistema y cada frase una fórmula. Y es necesario mucho esfuerzo y perseverancia hasta llegar a descifrarla correctamente.

Y el san Jorge de la historia, el caballero de resplandeciente armadura que salvara a la princesa de un terrible dragón, tampoco es mentira. Y que su día sea el Día del Libro tiene su porqué, aparte de que precisamente Shakespeare y Cervantes murieran un 23 de abril. Un libro, como san Jorge, puede rescatar a la princesa, que es la Inteligencia, de la cueva del dragón de la Ignorancia. ¿O no?

Quizá, para la razón, sólo pueda demostrarse lo que está sujeto a datos, fechas, peso, dimensión y cantidad. Quizás la realidad sea eso: materia y, por tanto, sujeta a mudanzas. Pero la verdad es invisible. Es una soberana de la que se puede desertar, pero no se la puede destronar ni destruir. Por eso, cuando una historia, por muy insólita que sea, se expande y permanece confirma su autenticidad imperecedera en el territorio de lo esencial, más allá del reino de la percepción.

Y, además, esta historia le salió preciosa a la doncella.

MÁS ALLÁ NO HAY MONSTRUOS

Algo que yo no puedo hacer es darte todo el pan que puedas tocar y ver. Pero tu parte es esta palabra. Te doy el alimento del que yo mismo vivo.

San Agustín

Hace muchos, muchos años, darle nombre a un bebé era un acto muy solemne. Se consultaban los horóscopos y se pedía consejo a los ancianos. Cada nombre sugerido se inscribía en una lista y se buscaba su significado en los diccionarios etimológicos. Los diccionarios etimológicos son como exploradores que rastrean las palabras hasta dar con sus orígenes. Se consideraba necesario saber, cuando se llamaba a alguien, qué se le estaba llamando exactamente.

Cuando nació la princesa de esta historia, y fueron a inscribirla en el registro real, la reina sorprendió a todos diciendo que quería llamarla con un nombre que, en su idioma, significa Poema.

—¿Qué nombre, por favor? —dijo el escribano respetuosamente, pues le parecía no haber oído bien.

—Poema —repitió la reina.

—¿Estás segura? —quiso cerciorarse el rey, que, después de pasar largas horas con sus ministros, le había asignado un nombre bien diferente.

—Sí —aseguró la reina—. Un poema transforma la manera de ver el mundo. A partir del nacimiento de esta niña todos los momentos de mi vida estarán señalados por la felicidad o por la preocupación y nada volverá a ser igual, pues me he convertido en madre.

En eso la reina llevaba razón, y todos los que tenían hijos así lo comprendieron y desde entonces la princesa se llamó Poema.

La princesa Poema era una niña tremendamente alegre. Siempre estaba inventándose juegos. Sus juguetes favoritos eran las palabras; con ellas no se aburría jamás. Les probaba olores, sabores, colores como si fuesen vestidos, tratando de averiguar cuáles les favorecían.

Se pasaba las horas muertas preguntándose: ¿a qué sabe «mariposa»?, ¿y «púrpura»?, ¿y «estrella»?, ¿a qué huele «corazón»?, ¿a qué huele «nube»?, ¿a qué huele «tristeza»?, ¿qué color tiene «ayer» o «dulzura» o «mamá»?

También se empeñó en jugar a los desafíos. Enfrentaba nombres con adjetivos. Lo más normal era que la mayoría de los participantes estuviese tan igualada que terminaba en empate, bueno, peor que empate, es decir que entre «rosa» y «blanca», por ejemplo, que resultase «rosa-blanca» o «blanca-rosa» daba lo mismo. Llegó incluso a sospechar que entre algunos nombres y adjetivos hay una especie de pacto mediante el cual se derriban el uno al otro por turnos y así ninguno se enfadaba. Eso era como tener la partida amañada y, además de tramposo, no es nada emocionante.

Quizás este juego no había sido una buena idea, pensaba la princesa Poema. Sobre todo porque no siempre la contienda se producía. A veces, porque eran entre ellos tan incompatibles que ni siquiera merecía la pena el combate. ¿Qué objeto tenía que «madera» arremetiese contra «cristalina», o «agua» contra «encerada»? Tanto unos como otros quedaban destrozados desde el primer asalto. Otras veces era porque, ante la superioridad de algunos nombres, ciertos adjetivos estaban de más.

—¿Con qué se puede calificar «cielo»? —preguntaba la princesa Poema.

—Con «azul» —le respondían invariablemente.

—No, no vale —se impacientaba ella—: si dices «ojos del color del cielo», todo el mundo sabe que son azules. ¿Y «miel»? —continuaba indagando.

—Con «dulce» —le decían todos.

—Tampoco sirve. Dentro de «miel» está ya «dulce». «Miel» puede prescindir de «dulce» y, sin embargo, seguir significando «dulce». Pero «dulce», si no fuese acompañada de «miel», no tendría por qué referirse a «miel».

—¡Qué lío! —se desconcertaba la gente—, ¿para qué te mareas la cabeza con esas bobadas?

—¿Y «escarcha»? —seguía interrogando la princesa.

—Con «fría».

—No, no —se decepcionaba la princesa—. Llamar «fría» a la escarcha no es calificarla, es no tener imaginación.

—¡Y a ti qué más te da! —se extrañaba la gente.

Pero, a la princesa Poema, eso le hacía cavilar mucho y esforzarse por juntar montones y montones de palabras para ver las correspondencias que había entre ellas. Observó entonces que, del orden de las palabras, dependía que su corazón se tambalease de alegría o de desasosiego. Y es que en las palabras, como en el billar, las carambolas sólo son posibles según la colocación.

Por eso, se aficionó a agrupar palabras y se maravillaba al comprobar que si las disponía de una manera sonaban distinto a si las disponía de otra. A veces encajaban todas muy bien y, al pronunciarlas, parecía que se movían como si, en vez de hablar, estuviera cantando. Sin embargo, había algunas, quizás bonitas en sí, que las pusiese donde las pusiese le desbarataban todo el efecto. Eso le parecía muy misterioso y no entendía el porqué, pero se acostumbró a apreciar por igual tanto la palabra que se sacrificaba como la que permanecía: hay palabras que deben silenciarse para que resalten las otras. No, no era cuestión de ganar o perder, ésa había sido su equivocación: buscar el triunfo de una sola palabra en vez de conseguir la armonía de varias.

La princesa Poema regalaba sus juegos de palabras a los demás. Del que más orgullosa estuvo durante mucho tiempo fue de esta retahíla: Rata-Reta-Rita-Rota-Ruta, porque es muy difícil encontrar cinco palabras con una sola letra distinta y que tengan significado las cinco. Y cualquiera puede comprobarlo. Mata-Meta-Mita-Mota-Muta podría servir, lo que pasa es que «mita» es una palabra quechua y eso no lo sabe todo el mundo, y la princesa Poema ni siquiera sospechaba que existiese Perú.

Los mapas de entonces terminaban en Finisterre al norte y en las columnas de Hércules al sur con esta inscripción pavorosa: «Más allá hay monstruos». Se desconfiaba de todo lo que se desconocía. Había vigías permanentes en las costas para controlar las intenciones de los barcos que se acercaban y los puentes estaban custodiados. Hasta las ciudades se cerraban con llave.

Pero volviendo a la princesa Poema y a sus juegos y a sus regalos tan raros: ella era más bien una niña solitaria pues, aunque siempre estaba dispuesta a compartir sus inventos y a que los demás la ayudasen a averiguar nuevas posibilidades, no todo el mundo encontraba divertido lo que proponía.

Convencida de que entre las palabras no funcionaban los torneos, se aplicó a sus sorprendentes e imprevisibles combinaciones. Por ejemplo, entre la palabra «verde» y la palabra «luna». Si «luna» precedía a «verde» el resultado sería: «luna-verde», y eso sonaba a disparate. Pero, si se adelantaba «verde», lo de «verde-luna» parecía auténtico y verdadero. Como si siempre hubiera sido así y no pudiera ser de otra manera.

Este nuevo juego le encantaba.

—¿A que no sabes una cosa? —decía de repente a alguien—: que no es igual «plata-rápida» que «rápida-plata».

—No sé. Me da lo mismo.

—No. No da lo mismo. «Plata-rápida» suena a «plata fácil de conseguir» y «plata» sólo quiere decir «plata». O «dinero», como mucho. En cualquier caso, es «plata que viene». Pero «rápida-plata» es justo «plata que huye», y «plata» puede ser «torrente» o «mercurio» o «pez» o «guadaña» o «espuela», incluso «rayo». ¿No te gusta más «rápida-plata»?

—Yo prefiero moneda, sea o no de plata, en mano que cien estrellas volando.

—¡Es verdad! «Rápida-plata» puede ser también un cometa. Gracias —decía la princesa, contentísima—. ¿Quieres que te regale un acertijo a cambio?

—Bueno.

Ésa era, más o menos, la respuesta común. Pero lo que significaba podía expresarse literalmente así: «¡Cómo se nota que no tienes más preocupación que la de emplear vanamente tu ociosidad!».

—¿O mejor un trabalenguas? —insistía la princesa, deseosa de ofrecer algo que despertara más entusiasmo.

—Lo que sea estará bien.

—¿Y un retruécano? —añadía la princesa cortésmente.

La gente aceptaba estos obsequios espontáneos sin tomarlos muy en serio. Nadie toma en serio lo que no le supone un provecho inmediato, pues enseguida piensa que no le sirve para nada. Sin embargo, casi sin darse cuenta, muchos empezaron a preguntarse: ¿a qué sabe «espada», a qué huele «amigo», de qué color es el trino del jilguero? ¿Por qué no es lo mismo «hombre-menudo» que «menudo-hombre», ni «cierta-noticia» que «noticia-cierta»?

Desde luego, la reina había acertado en una cosa: la presencia de la princesa Poema todo lo cambiaba y todo lo invadía.

Sucedió que la princesa se puso muy enferma. Poco a poco se fue volviendo blanca, casi translúcida. Parecía que la sangre se le había escapado del cuerpo. Y hasta las palabras la habían abandonado.

Sus padres, muy afligidos, buscaban el remedio hasta debajo de las piedras. Publicaron bandos ofreciendo enormes recompensas a cambio de un poco de esperanza. Cada día acudían a palacio físicos con fórmulas y charlatanes con ensalmos, pillos con triquiñuelas y curanderas con ungüentos, hechiceras con sortilegios y personas misericordiosas con plegarias. A todos se les atendía por igual. Pero la princesa Poema se iba debilitando cada día. Parecía una flor de cera.

Unos le recomendaban baños fríos, otros paños calientes; unos le prescribían alimentos para fortalecerla, otros el ayuno para purgarla; unos el sol, otros la oscuridad; unos la inmovilidad, otros el ejercicio. Unos aseguraban que, de tanto pensar, se le había derretido el cerebro, y le recetaban toda clase de sesos comestibles, desde los de cordero hasta los de las nueces. Otros decían que la había poseído el demonio y recurrían incluso a métodos violentos para arrancarlo, para obligar al cuerpo de la princesa a que lo expulsara de sí. Otros, por el contrario, sostenían que el Ángel de la Muerte la reclamaba para su imperio subterráneo y procuraban con sacrificios, ruegos y promesas conseguir ahuyentarlo o sobornarlo o engañarlo o conmoverlo.

—Quemad constantemente alrededor del lecho de la princesa Poema hojas del árbol de la Vida —decía el sabio mayor—: el humo será como un muro que la protegerá.

—Prometedle que la princesa, de ahora en adelante, se consagrará a su servicio —recomendaba el ministro plenipotenciario.

—Que los orfebres fundan en oro y piedras preciosas una imagen perfecta de la princesa, vestidla con sus más ricas galas y rogadle al Ángel de la Muerte que se la quede a cambio —sugería el tesorero real.

—Cortadle el pelo a raíz, pero volved a colocárselo perfectamente en su sitio, así cuando venga a arrebatarla sólo se llevará sus trenzas —discurrió su dama de compañía.

La princesa Poema se sometía a toda clase de pruebas y de desvaríos sin ningún interés en curarse y sin voluntad para resistirse. Lo cierto es que entre todos la estaban torturando sin procurarle alivio alguno.

—¿Cómo puede ser —se angustiaba la reina viéndola consumirse día a día— que mi Poema, que ha tomado forma en mis entrañas, que pertenece a lo más profundo de mi corazón, se me escape así de las manos?

—Sólo nos queda intentar una cosa —dijo por fin el rey—. Sabes que sólo nos queda una cosa.

—Sí, por favor —suplicó la reina—, no tenemos ya nada que perder, pero no por eso debemos darlo todo por perdido.

—Entonces, sea —decidió el rey.

Y desde aquel momento todo se dispuso para que la princesa Poema partiera a tierras enemigas. Porque no es imposible ningún milagro ni ningún precio demasiado costoso ni ningún peligro demasiado temible ni ninguna empresa lo suficientemente arriesgada para los soñadores o los desesperados. Y, desde luego, las emociones no saben calcular.

A la mañana siguiente, a la par que el sol, salió del palacio la princesa Poema en una carroza blindada y escoltada por un destacamento de soldados. A duras penas la comitiva consiguió abrirse paso hasta las murallas de la ciudad, e incluso, en más de una ocasión, la carroza estuvo a punto de volcar, pues todo el mundo quería despedir a la princesa.

Por fin se detuvieron frente a las puertas, que eran enormes por altas, por largas y por anchas. Entonces el rey y la reina se acercaron al capitán de la expedición para hacerle las últimas recomendaciones y cerciorarse de que no olvidaría ningún encargo.

A pesar de la muchedumbre congregada reinaba un silencio tan absoluto que podía sentirse las lágrimas deslizándose por cada par de mejillas. Hasta las palomas mensajeras dejaron de arrullar dentro de la jaula que las transportaba.

–Te confiamos lo más querido que tenemos –dijeron el rey y la reina–. Protégela, complácela y haz lo que ella te pida, es lo que más firmemente te ordenamos.

Hubieran querido añadir: «Y, por encima de todo, tráenosla pronto sana y salva», pero no todos los deseos pueden ser órdenes, y el rey y la reina conocían los límites de su poder.

Luego se dirigieron a la carroza para bendecir a la princesa y darle muchos besos y susurrarle palabras de cariño y de aliento, pues no sabían cuánto tiempo pasaría hasta que la volvieran a ver. Si es que volvían alguna vez a verla.

–Escríbenos –dijeron el rey y la reina a la princesa–. Mándanos, de vez en cuando, una paloma. No nos dejes demasiado tiempo sin tus noticias.

En esa súplica había mucho dolor, pues ni el rey ni la reina, por su parte, podían prometerle a la princesa correspondencia alguna, puesto que las palomas mensajeras son incapaces de ir a donde nunca han ido: sólo saben volver a casa.

Fueron unos minutos densos como siglos pero veloces como un relámpago. Era difícil la separación, pero también era preciso ponerse en marcha enseguida.

El rey dio la orden y los cerrojos se descorrieron chirriando. Se desatrancaron las puertas y se abrieron pesadamente. El paisaje de abril relumbró al final del empedrado y el cortejo se adentró en él.

Las puertas de la ciudad se cerraron con un siniestro estruendo y los vecinos subieron a las almenas de las murallas para ver cómo los soldados, cercando estrechamente la carroza, se alejaban y se empequeñecían hasta que los engullía el horizonte.

No se movieron de allí hasta que desapareció la última nube de polvo tras el último caballo, y entonces todos los corazones se sintieron atenazados por los garfios del pánico y muchos se desmayaron. Sabían que, detrás de la línea del horizonte, acechaban inimaginables terrores: feroces bestias, gigantescas plantas carnívoras, hombres perversos y mujeres maléficas entregados a toda clase de vicios y de crímenes. Por lo menos eso era lo que siempre se había dicho.

Pero también se decía que en lo más recóndito de esas tierras salvajes había un manantial prodigioso. Ojalá fuera cierto. Ojalá la princesa Poema, defendida por sus fieles guerreros, pudiera llegar hasta sus aguas milagrosas y curarse. Y regresar.

El cortejo avanzaba a buen paso por la campiña, que, como aún estaba mojada de rocío, parecía envuelta en papel de celofán transparente.

—Princesa —dijo uno de los soldados—, ¿no ves cómo sobresalen los lirios silvestres entre la hierba?

—Son morados y brillan como amatistas —añadió su compañero, apartándose para no estorbarle a la princesa la visión.

—Están rayados de amarillo —dijo un tercero.

—Como por vetas de azufre.

—Parecen lanzas —reflexionó el capitán.

—Lanzas curvadas como las cuchillas de las alabardas —porfió otro.

—Rizadas como medias lunas —puntualizó el tambor mayor.

—Sin embargo, son suaves como lenguas de fuego, como llamas de gas —dijo el cochero deteniendo la carroza.

—¡Como las barbas de los gallos! —concluyó el portaestandarte.

Pero la princesa no mostró interés alguno. Ni siquiera cuando, por orden del capitán, se destacaron dos soldados en avanzadilla para cortar una brazada de lirios y adornar con ellos la carroza.

Eran muy hermosos los lirios que le trajeron. La princesa Poema tomó uno de ellos, frío aún por el amanecer, y lo contempló largamente. Pero las palabras «amatista», «azufre», «alabarda» y «lengua» rebotaban contra él sin adherirse, sin representarse, sin reflejar el temblor de las joyas, las venas de la tierra, las picas sobre hoces de lunas o las llamas caracoleando; sin que el lirio se convirtiera instantáneamente en significado o en emblema. Como si el lirio estuviese vacío y mudo.

Al terminar el día, el capitán tendió pluma y papel a la princesa, pero ella no acertó a escribir nada.

—Pon al menos la fecha —la animó el capitán, por si acaso eso la ayudaba a arrancarse.

Pero qué va.

—¿No sabes qué día es? ¿Quieres que lo escriba yo? —siguió insistiendo.

Y nada. Entonces el capitán no tuvo más remedio que hacerse cargo. «Sin novedad», fue el mensaje que enrolló en la pata derecha de la paloma. Y la soltó. Al menos consiguió que, antes de echarla a volar, la princesa le diera un beso en cada ala.

Hasta tres palomas regresaron al palacio en los días siguientes con el mismo billete de vuelta: «Sin novedad». Pero el cuarto día fue un día distinto.

El campo estaba igual de verde, los lirios aparecían en igual proporción, continuaba el río abriéndose paso entre el ramaje para seguir paralelamente el sendero; pero bajo la maraña de la hierba, entre un lirio y otro, entre una onda y otra del río, justo en el punto en que la rama de un castaño se entrelazaba con la rama de otro castaño, serpenteaba el trazo invisible de la línea de demarcación.

Las mariposas, las libélulas, los mosquitos, las nubes, la brisa, el olor húmedo del polen, el croar de las ranas también cruzaron con ellos la frontera. Seguían siendo los mismos a un lado y a otro de la frontera.

Sin embargo, había algo diferente, sólo una cosa, pero que le daba un vuelco a todo para que, aunque todo pareciese igual, dejara de corresponderse con lo acostumbrado: al traspasar la frontera, automáticamente ellos se transformaron en intrusos, en enemigos, en extraños; en los márgenes de lo decretado, en la perturbación de la norma, en el escándalo de las rutinas, en el blanco de los disparos, en la captura de los guardianes. Ellos ya no eran ni ciudadanos ni dueños: eran los monstruos que venían del otro lado, de las tierras temibles, impías, crueles y bárbaras. Ellos, ahora, eran el peligro desconocido para los otros.

El esplendor del cortejo se replegó bajo un caparazón de cautela. Los escudos se apretaron unos contra otros formando una piña impenetrable: una compacta fortaleza erizada de picas y alabardas que avanzaba bajo el amable sol de abril. De un momento a otro podrían ser divisados por algún vigía, apresados por alguna patrulla, sorprendidos por cualquier ataque: todos sus sentidos estaban alertados y sus músculos en tensión. El alegre trote de los caballos y el despreocupado rodar del carruaje aminoraron el paso. Cesaron las conversaciones, las melodías silbadas, las voces de mando y las bromas: una máscara de atención y gravedad cayó sobre cada rostro, se afilaron las miradas y se aguzaron los oídos. De pronto, el entrechocar de los escudos, las bisagras de las armaduras y los cascos de la caballería parecían producir un estrépito insoportable. La princesa Poema, pese a su indiferencia, a su entendimiento dormido y a sus sentimientos acorazados, percibió esa variación.

Se aproximaban a las puertas de la ciudadela que siempre había sido enemiga. Se hallaban ya a un tiro de flecha de la muralla cuando la princesa Poema, incorporándose sobre sus mullidos almohadones, ordenó:

—¡Rendid armas!

—¡Princesa! —exclamó el capitán.

Desde las atalayas, los guardianes de la ciudadela observaron cómo un escuadrón de soldados enemigos se detenía respetuoso e inclinaba sus lanzas en homenaje. Atónitos, devolvieron las flechas al carcaj y bajaron los arcos.

La princesa Poema pidió que plegaran la capota del carruaje y, alzándose majestuosamente, se dirigió al capitán:

—Ordena a tus hombres que se despojen de sus armaduras y las dejen aquí.

—¡Princesa! —exclamó el capitán escandalizado.

Desarmarse es como darse por vencido y, por lo visto, para cualquier hombre en general y cualquier militar en particular, eso resulta muy humillante. Pero más humillante, más cobarde le resultaba a la princesa Poema no poder adentrarse, deslumbrarse, absorberse en lo desconocido, a causa de tantas precauciones. No quería armas para defenderse, pues estaba dispuesta a conocer. Tampoco necesitaba armas para arrebatar, pues no tenía miedo a pedir.

—Ordena que toquen a retirada —prosiguió la princesa Poema.

—¡Princesa! —exclamó, de nuevo, el capitán.

El capitán sabía, y así lo explicó, que si la expedición abandonaba a la princesa no podía presentarse impunemente ante los reyes. Ni él, personalmente, podría encontrar reposo en ningún sitio si faltaba a su deber de custodiarla.

—Tu principal deber consiste en obedecerme —le recordó la princesa Poema—: lo juraste.

—¡Princesa...! —exclamó una vez más el capitán, pero como si dijera: «¡vaya encerrona!», pues se sintió atrapado en un dilema.

La princesa se mantuvo firme. Y los soldados, una vez amontonadas las armas restallantes como en una hoguera, retornaron silenciosos a sus caballos, aguantando las ganas de llorar, pues no sabían si era más noble quedarse, desobedeciéndola, o atender a sus deseos y abandonarla. Pero no soportaban serle desleales.

La princesa Poema, comprendiendo el conflicto en que se

hallaban los soldados, escogió una paloma, la más veloz, para que los precediera y exculpara.

«A los reyes, mis padres: Certifico que el capitán, a cuya custodia me encomendasteis, no conoce otra voluntad que la del deber, ni más sentimiento que el de la lealtad, que ha adiestrado a sus hombres en la obediencia a ciegas y en la única decisión de cumplir órdenes sin vacilaciones ni dudas.

»Fiel a su juramento de complacerme en todo, vuelve con la escolta según mis deseos para que lo recompenséis por lo heroicamente que ha cumplido su cometido más allá de los dictados de su corazón...»

La princesa Poema, antes de atar el mensaje a la patita coral de la paloma, lo leyó en voz alta para tranquilizarlos. Pero no era el miedo a las represalias lo que aguijoneaba a los guerreros sin dejarlos marchar en paz. Era que, por primera vez en sus vidas, buscaban razones para convencerse de que se sentían seguros por no tener que elegir. «El que obedece no se equivoca», les habían enseñado. «¿El que obedece no se equivoca?», se repetía ahora en un lugar desconocido de su mente. «Y qué es la obediencia, qué es la equivocación.»

Sin embargo, la disciplina se impuso y continuaron su camino hacia la frontera, con las manos bien firmes en las bridas y cantando himnos para no distraerse con vanos y desazonadores interrogantes. Sólo el cochero, que, como no tenía montura, iba muy rezagado, volvió atrás la cabeza y pudo ver que la carroza era un cesto de lirios silvestres y, erguida sobre ellos, con el vestido ondeando, agitándose a sus espaldas como las melenas blancas de los caballos de tiro, la princesa Poema esperaba.

Y ésta fue la última imagen de la princesa Poema, tal como el cochero se la describió a los reyes para que la guardaran cuidadosamente entre los repliegues del desconsuelo.

Y siguieron sucediéndose los días, con sus zozobras y esperanzas. Tanto si se fiaban de los presentimientos desalentadores como si desconfiaban de ellos, o si en los pronósticos imparciales de las estrellas encontraban motivos ya fuere de ánimo o de congoja, lo cierto es que, en ningún momento, obtenían ni calma ni resignación. Día y noche se turnaban los vigías atisbando, en la línea del horizonte, en el vuelo de las palomas o en el retumbar de la tierra, el anuncio de una embajada. En los confines del reino aguardaba incesantemente una escolta de honor cuyo capitán detenía a aquellos que cruzaran la frontera. Se sometía a exhaustivo interrogatorio en busca de noticias a todos los que venían, y se importunaba con ruegos y mensajes a todos los que se marchaban.

Así transcurrió lo que quedaba de la primavera. Y el verano. Y el otoño. Y el invierno. Así empezó otro año su declive.

En el reino, sin la princesa Poema faltaba esa sorpresa que atrae la atención hacia la magia de lo cotidiano, esos juegos instantáneos como chisporroteos de bengalas que, aunque no son aún poesía, la ayudan a intuir el secreto de las cosas. Y el reino fue sumiéndose en algo más terrible que la supresión de las palabras, pues no era el silencio lo que se había instalado en ellos, sino la imposibilidad de representar lo que no puede expresarse.

Y llegó, nuevamente, el 9 de abril. Poco a poco, la luz del día iba intensificándose avivando la incertidumbre. Y los corazones del rey y la reina estaban tan alborotados por la desesperación que, cuando todo el reino se sacudió por el galope que se aproximaba, no lo oyeron. O, mejor, no lo identificaron. Pensaban que era el insoportable estruendo de la angustia. Pero el galope era de alegría.

Los vigías, sin embargo, distinguieron enseguida, en el jinete que a tanta velocidad se acercaba, a la princesa Poema, y rápidamente fueron a abrir las puertas de la ciudad y avisar a los reyes y a izar las banderas para el recibimiento.

La princesa Poema entró en la ciudad entre vítores, redobles de tambores y cabriolas de niños y niñas cubiertos de cascabeles. De cada balcón se colgaron guirnaldas de bienvenida y se lanzaron cohetes aunque, como era de día, no lucieron nada. Pero todos estaban muy contentos.

El rey y la reina se precipitaron escaleras abajo y, sin cuidarse en absoluto del protocolo, apenas descabalgó la princesa la abrazaron los dos a la vez.

—¿Cómo es que vienes sola? —indagó el rey cuando se repuso de la emoción.

—Había una guardia de honor esperándote —dijo la reina.

—Para volver a casa sólo se necesita un caballo rápido —respondió la princesa.

Al día siguiente, sometieron a la princesa a un riguroso examen médico. Estaba rebosante de salud, había recuperado las palabras antiguas, había aprendido otras muchas y los doctores, aunque reticentes en admitir prodigios, firmaron el alta unánimemente.

—¡Qué bien! —dijo su dama de compañía al saber la noticia—: ¡ya podemos jugar de nuevo!

—Tienes que enseñarnos otra vez —le pidieron ilusionadas sus camareras—: hemos perdido práctica.

Pero para la princesa Poema el lenguaje ya no era un simple pasatiempo, ni cautivarse con la elegancia de su melodía, ni ensayar con la belleza de sus palabras: era penetrar en la conciencia de sus signos. Pero no sabía cómo hacer. Aun cuando sus experiencias le habían proporcionado herramientas valiosas, desconocía las instrucciones de uso. Incluso, con las palabras de su idioma familiar, no encontraba una ruta correcta. Cruzaba palabras con los demás, pero no acertaba a llegar a un acuerdo.

—Princesa, ¿es cierto que esos salvajes roban niños para comérselos crudos?

—Eso mismo se dice de nosotros entre ellos.

—¡Qué ignorantes! ¿Y tú qué les contestabas?

—Pues poco más o menos lo mismo que me contestaban ellos a mí para rebatirme.

—Ah, pues yo ni siquiera les hubiera dejado abrir la boca sin partirles los dientes.

—A alguno de allí también le hubiera agradado hacerme una cosa por el estilo en vez de escucharme.

—Son unos bestias.

—Princesa, habrás sufrido mucho entre esos malvados.

—Los médicos dicen que estoy completamente curada.

—¿Quieres decir que son más sabios que nuestros sabios esos infieles?

—No entiendo por qué los llamas así.

—Porque lo son. No adoran al Dios verdadero.

—No adorarán al nuestro, pero al suyo bien que lo respetan.

—Son nuestros enemigos y debemos exterminarlos.

—Dios prohíbe matar.

—Dios está de nuestra parte.

—En los campos de batalla, unos combaten con espadas en forma de cruz y otros con cimitarras como medias lunas. Esto no significa nada: cada cruz y cada media luna tiene sus mártires y sus asesinos.

—Contigo no se puede hablar.

—Princesa, debes ser más prudente. No se puede escuchar por igual a la verdad y al error.

—Yo sólo escucho a la gente.

—Pues vas lista si haces caso a todo el mundo, porque cada uno te dirá una cosa.

—Pero es la única manera de llegar a una conclusión.

—Las cosas son como son y basta.

—Si en la oscuridad se pierden cinco personas y una dice que se ha encontrado con una serpiente, otra que con un sable, la tercera que con un muro, la cuarta que con un tronco de árbol y la quinta que con una cuerda, ninguna ha mentido; pero hasta que no conoces toda la información no comprendes que están ante un elefante.

—No quieras saberlo todo. Eso no te puede traer sino disgustos y quebraderos de cabeza.

Ciertamente, atender tanto a lo que nos conviene como a lo que no con interés y paciencia es una lección dura de aprender. La princesa Poema estaba confusa porque no podía hacerse con palabras que la ayudaran; y los demás estaban defraudados y recelosos. No les gustaba que hubiera cambiado.

—No nos podemos entender con ella —se quejaban.

—No piensa como nosotros.

—Le han lavado el cerebro.

—Deberíamos observarla —decidieron.

La princesa Poema, ajena a esta conjura, iba todas las tardes a las mazmorras reales. Miraba a los prisioneros y les decía:

—No sois monstruos, ¿cómo nadie se da cuenta? No somos monstruos, ¿acaso lo sabéis? No somos peores que el peor de los vuestros, ni el mejor de vosotros lo es más que el mejor de nosotros. ¿Por qué no podemos entendernos? Por favor, ayudadme.

—Deberíamos avisar a la reina —concluyeron los consejeros del rey, una vez que estudiaron las transcripciones que les habían entregado los espías.

—Hija, me han dicho que prestas oídos a las insidias de esos perros rabiosos. ¿Es cierto eso?

—Según. Sólo el hecho de estar en prisión y que sean nuestros prisioneros es lo que te da derecho a considerarlos así.

—Existen pruebas sobradas de que lo son.

—También de que nosotros somos sus carceleros, sus opresores y sus tiranos.

—¿Es que no crees en la justicia?

—La justicia es algo misterioso. Más que juzgarlos, prefiero sufrir con ellos.

—Son los enemigos.

—Sí, mamá. Pero si ellos fueran los vencedores, estaríamos nosotros en sus cárceles y el rey sería reo de muerte. ¿Es justo que nos transformemos en despreciables por haber contado con menos tropa o habernos equivocado en la estrategia?

—¡Hija!

La princesa Poema en sus encuentros con los prisioneros había hecho muchos progresos en la lengua de ellos, y ellos también lo habían hecho en la de ella. Pero lo más importante es que estaba aprendiendo a «comprender», es decir: a recibir los reflejos de los otros y contenerlos e incluirlos en su corazón.

Cada día se esforzaba para llevarles lo que ellos más pudiesen necesitar. Conseguir adivinarlo era su tarea. Los espías podían verla, al atardecer, corriendo hacia las mazmorras con el rostro encendido de alegría y el delantal abultado misteriosamente.

Decididamente, la princesa Poema era una renegada y una traidora.

Había que rendirse a lo evidente y obrar en consecuencia: denunciarla al rey.

—Señor —dijeron los consejeros al rey—, sabemos que su hija emplea las provisiones destinadas a nuestros pobres y a nuestros huérfanos para socorrer a los prisioneros.

A la tarde siguiente, la detuvieron cuando iba a su visita diaria y la condujeron ante el rey.

El salón del trono ofrecía un aspecto imponente. Allí estaban los nobles caballeros, los altos mandatarios y los consejeros reales.

El rey, con voz firme, le ordenó que se acercara.

—Se te acusa de que desvalijas las despensas reales para proveer a nuestros enemigos.

—Papá, lo único que necesitan son palabras para decir por ellos mismos lo que nadie, jamás, ha podido decir por nadie. Te aseguro que de esas palabras se sufre un hambre más terrible que el hambre de pan.

—¿Qué llevas entonces en el regazo? Enséñamelo.
—Es sólo una rosa, papá —respondió la princesa.
Un murmullo de incredulidad recorrió la sala.
—Dámela —dijo el rey—: la luciré junto a mi cetro para acallar las habladurías. Los señores son testigos.
—Es la Rosa de la Poesía. No puedo consentir que la exhibas como adorno ni que la asocies a tu vara de mando, papá.
Gritos de indignación recorrieron los estrados. El maestro de ceremonias la golpeó con su vara.
—¡Insolente! Arrodíllate ante el rey.
El rey tenía los ojos brillantes y era incapaz de contener su pena.
—Hija mía, ¿por qué no quieres desmentir a tus calumniadores?
—Porque la mentirosa es ella. Ninguna rosa abulta tanto —dijo una voz anónima.
—¡Eso! —corearon muchos—: hay que arrebatársela.
—Deteneos —dijo el rey, pero no pudo hacerse oír.
Todos se precipitaron contra ella como aves rapaces. La derribaron, la golpearon, rasgaron sus vestidos.
Efectivamente, de su delantal cayó una rosa. Una rosa traspasada por innumerables rayos: la Rosa de los Vientos, con todas las direcciones desde las que se pueden mirar las cosas, pues la realidad no tiene una única manera de mostrarse. Y todos se apartaron confundidos.
El rey pudo acercarse a la princesa. La alzó, la consoló y, respetuosamente, le devolvió la Rosa para que la siguiera apretando contra su pecho.
—Hija —le dijo el rey con ternura—, estoy orgulloso de ti como padre pero, como soberano obligado a gobernar entre las más contradictorias opiniones, tengo algo que pedirte.
—Sí, papá —contestó la princesa.
—Quiero que tu Rosa sea patrimonio de todos. Que esté ex-

puesta en las torres, en los cruces de caminos, en los estandartes del reino, como enseñanza de que, por muy opuestas que sean las direcciones, siempre hay un centro de verdad adonde converger.

—Gracias, papá —dijo la princesa, alargándole la Rosa de la Poesía.

Poesía, según el diccionario, quiere decir «fuerza de invención, fogoso arrebato, sorprendente originalidad y osadía...». Por eso, no se debe temer alterar la razón para que se exprese lo intuido; ni penetrar más allá de lo que los sentidos captan para reconocer lo esencial; porque más allá no hay monstruos, sino una mirada distinta para comprender mejor el misterio.

Poema en árabe se dice *qasida*. Casida es el nombre de una princesa musulmana, hija del rey de Toledo y cuya vida transcurrió a mediados del siglo XI. Ella también socorría a los cristianos prisioneros y cuenta la leyenda que, sorprendida por su padre, los alimentos que había recogido en su delantal para ellos se le convirtieron en rosas. El nombre de la rosa representa a esas palabras indispensables e insustituibles que tan claramente significan por ellas mismas que es imposible definir qué significan.

La princesa Casida enfermó gravemente y ningún físico de la corte conseguía curarla, y como llegara la fama de cierta laguna milagrosa cerca de Briviesca, su padre no dudó en dejarla ir a tierras enemigas. Una vez allí, Casida despidió a su escolta y se sometió a la acción benéfica de las aguas. Los habitantes de los contornos recibieron con fervor a la princesa musulmana pues, como pudieron comprobar, su presencia ahuyentó a las alimañas, a las heladas, al granizo y a los forajidos que asaltaban a los viajeros. Allí se le edificó un santuario y, todavía hoy, cada 9 de abril, acuden los vecinos en romería para venerarla. La llaman santa Casilda.

Éste es otro ejemplo de que más allá no hay monstruos, de que no es peligroso asomarse al exterior y de que ni el diablo ni el ángel han logrado aún firmar un contrato exclusivo con ningún pueblo, raza, religión o cultura, por más que lo lleven intentando. Aunque las batallas que libran entre ellos a todos nos conciernen.

En el siglo XIII, el rey poeta Alfonso X el Sabio fundó en Toledo la Escuela Real de Traductores, con el fin de que el pensamiento y la ciencia no fueran patrimonio de un solo idioma y pudieran difundirse entre todos los pueblos.

EL SOBERBIO CELESTE

Laurencio era un gallardo joven de noble linaje, rica hacienda y fatuo comportamiento, debido más al atolondramiento de la edad, los usos de su rango y el ejemplo de las malas compañías que a su natural condición. Alguna vez se había quejado su ángel de la guarda: «Verdad es que mi Laurencio no ha hecho todavía mal a nadie, pero tampoco ningún bien. ¡Qué lástima que pase por este mundo tan vanamente!».

Los días de Laurencio se consumían, rápidos como la pólvora, cazando corzos por umbríos bosques, derramando naipes sobre la esmeralda mate de los tapetes y tañendo laúdes bajo las ventanas de las muchachas; y su ángel temía que, cuando tuvieran que rendir cuentas en el Tribunal Supremo, no oscilasen, ni por la magnitud de sus virtudes ni por el peso de sus culpas, los platillos del arcángel san Miguel.

Cuando la balanza del Príncipe de las turbas celestes permanece inmóvil y vacía significa «Ni pena ni gloria». Eso es como si se hubiese vivido en estado de hibernación, y el ángel, en situaciones semejantes, se siente fracasado por no haber cumplido su tarea.

Los ángeles guardianes siempre están alerta y preparados para entrar en acción con prontitud. Dentro del orden angélico pertenecen a un cuerpo de elite, puesto que no se limitan a servir de enlace entre el cielo y la tierra, sino que se convierten en nuestros conciudadanos. Por eso, son alistados entre los mejores y no se les concede el cargo sino tras rigurosos exámenes de aptitud. Deben saber asumir responsabilidades, tomar iniciativas, confortar y, lo que es más difícil, respetar las opciones que elija el ser al que cuidan, sean cuales sean, y acompañarlo hasta el final.

Contra lo que se pueda presumir, los seres que deciden emprender el camino de la perfección dan mucho trabajo, su ángel guardián debe mantener continuos combates con el demonio, el muy envidioso, que tratará por todos los medios de llevárselos a su terreno. Hay que considerar que el demonio dispone de un arsenal repleto de engaños y no le importa jugar sucio.

El vínculo que une a una persona con su ángel guardián es muy fuerte, y la responsabilidad recíproca muy grande: sus destinos son gemelos; por eso, por muy bribón que sea su encomendado, hasta el último minuto él hará todo lo posible para convencerle de que le permita defenderlo y ayudarlo. Proteger es la obligación de un ángel guardián, pero en las dificultades que afronte para conseguir salvar estriba su prestigio; por eso, cuando les toca en gracia un ser tan anodino como Laurencio, resulta muy frustrante.

Laurencio parecía un desolado tablero de ajedrez sin piezas para jugar. Su alma era un territorio baldío que no lo reclamaba ni el cielo ni el infierno. Y su ángel languidecía ocioso, cansado de esperar la ocasión de ejercer su profesión.

Cierto día, Laurencio ganó a los dados un condado próspero colindante a sus tierras, y tanto fue su alborozo que, cuando le entregaron las escrituras, desfiló hasta la catedral en procesión solemne.

Vistió a sus servidores de gala, para que le dieran escolta enarbolando resplandecientes estandartes. Sus más briosos caballos sacudían penachos de espumosas plumas sobresaliendo de las crines trenzadas, y hábiles jinetes guiaban sus bridas salpicadas de sedosos borlones. Abría el paso una banda de músicos enanos, agrupados por decenas. Primero, la de los clarines, que parecían arrojar flechas, por lo agudo y preciso del sonido; a continuación la de las trombas, rotundas y solemnes, como caracoles minerales; seguían, más atrás, diez pares de timbales estirados semejantes a planchas de alabastro bajo los dedos rítmicos de la lluvia y, por doquier, decenas y decenas de trémulos cascabeles chispeaban al sol más que si fueran gotas de mercurio. Cincuenta niñas vestidas de blanco derramaban mullidos pétalos de almendro para alfombrar el paso de la comitiva y, precediendo al palanquín, que parecía una nave victoriosa de tan empavesado, un gracioso doncel portaba en un cojín de raso llameante el rollo de oro que contenía las escrituras.

Laurencio, reclinado con arrogancia en la tapicería adamascada, respondía complacido a los vítores de la multitud exhibiendo, en su puño enguantado, al más orgulloso de sus halcones. A la derecha, un paje mostraba el cubilete engastado en un vaso precioso y otro, a la izquierda, los dados de su fortuna taraceados de rubíes. Sendas joyas las ofrecería como exvoto en el altar mayor. CON DADOS DE NÁCAR JUGUÉ, CONDADO DE NIEBLA GANÉ, decían las gemas de los dados y el oro del cubilete. Este lema figuraría para siempre en su divisa.

El obispo de Alejandría salió a recibirle a las puertas del atrio, revestido con la mitra centelleante y la capa pluvial cuajada de perlas irisadas en forma de margaritas silvestres. En ese instante, un coro de voces blancas entonó el «Te Deum», que es un himno de acción de gracias.

Se abrieron las puertas sagradas y el interior refulgió como un ascua dentro de una gruta. Las sombras se disiparon, se arrinconaron en la más recóndita esquina; justo en el angosto vértice donde los infortunios habían obligado a guarecerse a

Valeria. Pues Valeria, al saberse desheredada por su padre del condado de Niebla, acudió a buscar refugio y consuelo en ese santo lugar.

El obispo hizo un movimiento con el bucle de su báculo invitando a Laurencio a que entrara. Traspasó el joven los umbrales y se adentró en el aire retenido bajo la bóveda; se impregnó del maravillado arco iris de las vidrieras y rasgó la atmósfera moteada de diminutos mundos. Los bordados de sus ropajes relampaguearon y en su peto se avivó el destello del emblema reciente: la insignia del condado que acababa de hacer suyo.

Ahora, contemplando a Laurencio en la cúspide de su esplendor, Valeria sintió toda la realidad de su desgracia y las lágrimas empezaron a empapar el enrejado de sus párpados de nieve. Era injusto que su destino dependiera de unos dados lanzados desde el cubilete de su padre. Era injusto y cruel ser desposeída por quien tenía la responsabilidad de proveerla.

Valeria se deslizó sigilosamente entre la compacta muralla de la muchedumbre, pero el joven presintió el ondulado movimiento de su huida y su mirada acudió rápida e involuntaria, atraída por el imán de la curiosidad. Los ojos de la infeliz Valeria y de Laurencio se encontraron, y un irreprimible destello de triunfo desbordó las pupilas del reciente conde. Su ángel comprendió inmediatamente que, por fin, el diablo había movido una pieza en el tablero. «Ahora verás», se dijo. Ahuecó sus alas, sacudió su túnica, desperezó su mente anquilosada por el aburrimiento y se dispuso a presentar de inmediato la contraofensiva.

Después de la ceremonia se celebró un opulento banquete, y Laurencio estaba tan excitado que no podía quedarse ni un minuto quieto. Así que, sin esperar siquiera a los postres, propuso, como pasatiempo, esconderse en los todavía inexplorados laberintos de su nueva propiedad, pero había comido y bebido en demasía y las emociones de la jornada lo habían fatigado. Y se durmió a la sombra de un tilo que había escogido para esconderse. El ángel, entonces, aprovechó para volar hasta un estanque, soplar, levantar una nube y conducirla hasta el tilo. Una vez que la situó sobre la frondosa copa, desenvainó la espada y la hincó en el vientre henchido de la nube, que, instantáneamente, estalló en forma de copioso aguacero.

El agua, al caer, agitaba las ramas de tal manera que éstas, doblegándose, derramaron sobre el joven verdaderos torrentes. Se despertó Laurencio y, como el árbol no le prestaba amparo alguno, echó a correr hacia su casa, pero pronto advirtió que no se hallaba en el frondoso jardín sino en un paraje desconocido y yermo.

Desconcertado, alzó sobre su cabeza su manto de terciopelo, como si fuese un toldo, pero el peso del agua tensó como plomo cada uno de los pliegues y hubo de arrojarlo al fango, incapaz de sostenerlo. Corrió desesperado sin dirección ni propósito, despojándose cada vez de alguna prenda empapada que lo entorpecía. Pronto el jubón bordado y los calzones acuchillados con brocados de oro siguieron el mismo camino que la capa en su destino. Los ricos borceguíes con sus hebillas de pedrería quedaron aprisionados en las ciénagas. A veces caía y, cuando lograba incorporarse, sus dedos emergían con alguna sortija menos, pues el barro la había engullido. Las ramas le golpeaban el rostro y le arrancaban los dijes que pendían de su cuello. El cinto recamado, la espada con la cruz estrellada de diamantes y el damasquinado de su vaina titilaron como luciérnagas antes de hundirse en las huellas blandas que marcaban sus pies.

Así vagó Laurencio, náufrago de la esperanza hasta que a lo lejos, rematando una tierna loma, divisó la espadaña de una ermita. Hasta allí se dirigió el joven buscando refugiarse de la tormenta, que, a pesar de estar bien entrado el verano, no parecía amainar.

A medida que se iba acercando le llegaban con mayor claridad los tañidos de las campanas, hasta que pudo distinguir que doblaban a muerto. Siempre es lúgubre el lamento de las campanas, pero si suena en un descampado y en medio de una tormenta resulta pavoroso.

Justo cuando la noche terminó de apoderarse enteramente del cielo, la mano de Laurencio, como una mariposa aterida, alcanzó la aldaba. No fue preciso golpearla: las puertas se abrieron con tanta facilidad como si sus goznes fueran de manteca. Sin embargo, el joven Laurencio no pudo avanzar, pues un muro de acero invisible se lo impedía.

−¿Quién solicita entrar? −interrogó una voz desde la oscuridad tersa del templo.

−Soy el conde de Niebla −respondió Laurencio.

−No te conozco −dijo la voz, y las puertas se cerraron.

Un aguijón punzó hábilmente hasta abrir una herida en la vanidad de Laurencio; no obstante, se sobrepuso con el bálsamo de la razón: «Es lógico que en este lugar tan apartado no me conozcan como conde todavía», pensó para sí.

Volvió a llamar de nuevo y de nuevo se abrieron las puertas y de nuevo interrogó la voz misteriosa:

−¿Quién solicita entrar?

Laurencio respondió entonces:

−El señor del Halcón.

Pero la voz insistió:

−No te conozco.

La ira arreboló la frente de Laurencio y le clavó sus uñas emponzoñadas en lo más recóndito de sus venas, pero el ángel le tomó de la mano y le purificó la sangre con la lenta savia de la paciencia. Cuando estuvo más calmado, el ángel le hizo repetir uno a uno sus gestos anteriores, y cuando hubo de responder a la pregunta, le puso en los labios las palabras siguientes:

−Soy Laurencio; tened piedad de mí.

Y en ese instante el aire se quebró como una ventana atravesada por un guijarro, mientras la voz le decía con infinita dulzura:

—Pasa, Laurencio, hermano mío, y ven.

Laurencio avanzó y, al momento, un coro de voces tétricas entonaron el «Miserere mei», indicando que el oficio de difuntos iba a comenzar.

Los ojos del joven Laurencio, como dos girasoles desorientados, traspasaron los atormentados umbrales y se adentraron en la tiniebla de la bóveda, se impregnaron con el aleteante resplandor de los cirios, rasgaron el polvoriento velo de la atmósfera punteada de átomos flotantes y resbalaron por un inmutable océano de cenizas derramadas por cincuenta penitentes.

En el crucero de la nave, un catafalco custodiado por cuatro hachones lívidos atrajo sus pasos sin que en Laurencio interviniera la voluntad.

Laurencio se acercó. En un atril revestido de paños fúnebres, un libro abierto mostraba la tinta, aún fresca, del escrito *Hechos de la vida de nuestro hermano Laurencio*.

Laurencio comprobó con estupor que las columnas del Valor, el Sacrificio, la Voluntad y la Misericordia estaban vacías y que su vida no estaba explicada por obras o actos de su albedrío, sino por los lances del azar.

Entonces, la dulce voz de antes se dejó oír diciendo:

—Laurencio, hermano mío, ¿de qué te sirve ganar un condado de niebla si pierdes el imperio sobre tu alma inmortal?

Y como Laurencio sólo era un inconsciente, rompió a llorar consternado, y en aquel mismo momento abjuró de todas las vanidades y pompas del mundo. Su ángel se sintió muy aliviado por esta inclinación tan favorable del alma que le estaba encomendada y, sin pérdida de tiempo, le devolvió al lugar donde se había quedado dormido.

Laurencio se despertó muy impresionado por lo que pensaba que había sido un sueño, pero, cuando se vio desprovisto de sus suntuosos ropajes y con restos de barro y de ceniza desde la punta de sus cabellos hasta las plantas de sus pies, comprendió que el prodigio no había sido una ofuscación de sus sentidos abotargados, sino un aviso celestial. Y con las ramas del tilo se construyó una cabaña donde decidió permanecer y preparar cuidadosamente la partida decisiva en la que se jugaría el Reino Eterno.

Pasaba el día orando con fervor y sometiéndose a las más duras y variadas mortificaciones. Cuando llegaban sus servidores para asistirlo, él los atendía arrodillado, los llamaba «mis dueños y señores» y les besaba humildemente los pies. Muchos se burlaban de su conducta por considerarla extravagante, pero él lo soportaba todo con la mansedumbre de un cordero y la sencillez de una paloma. Esta actitud favorecía el descaro de los más desaprensivos, que, en su atrevimiento, acudían hasta la misma entrada de la choza a importunarlo con sus chanzas y su curiosidad.

En cierta ocasión, uno de sus más fieles servidores, que pasaba próximo al lugar, se percató del alboroto que provocaban ciertas personas y que no dejaban con sus risotadas que el joven se concentrase en sus rezos. Prontamente desenvainó la espada para impedir semejantes muestras de irrespetuosidad. Pero Laurencio se asomó a la puerta y le dijo:

—No quiero que por mi causa, dueño mío, se apodere de ti el pecado de la ira. No te enojes, pues, con ellos; más bien agradéceles su empeño, pues me están procurando los más valiosos triunfos para la jugada futura.

Ni que decir tiene el contento del ángel al verlo tan mudado de parecer y entregado a tan distintas ocupaciones.

«Eso del sueño fue una excelente idea y ya está produciendo sus frutos», comentó para sí muy ufano. Y añadió: «¡Cómo me gustaría verlos!».

El ángel sabía que no podía abandonar a Laurencio, pero

sentía grandes deseos de comprobar los méritos que ambos habían conseguido; así que, mientras lo dejaba arrebatado por un éxtasis, voló a la región del Edén.

En ese maravilloso lugar estuvo una vez el Paraíso, pero, desde que se clausurara para las criaturas de este mundo, se destina a hacer germinar las raras plantas que las almas hacen crecer mediante sus obras. Es un jardín privilegiado por la calidad de su tierra y la bondad de su clima.

Entró el ángel de Laurencio y observó los hermosos macizos de azucenas de las almas puras, la exacta geometría de las rosas de los místicos, los frondosos árboles de mostaza de los apóstoles, las airosas palmas de los mártires, los radiantes botones de oro de los generosos, los inflamados claveles de los compasivos, los amoratados lirios de los penitentes, los fragantes cedros de los justos y las interminables veredas de romero de los peregrinos errantes. Pero cuando llegó a la parcela de Laurencio sólo encontró, empinándose apenas entre el acolchado húmedo del trébol, una fragante violeta.

«No puede ser», se dijo el ángel, «que mi Laurencio se merezca nada más que esta insignificante flor».

Y regresó velozmente a la choza del joven con el firme propósito de convertirlo en el más santo de todos los santos.

Es sabido que el alma, aun cuando no tenga nada malo que reprocharse, puede presentar ciertas inclinaciones que la aten y distraigan, y aunque no tienen por qué ser nocivas sí pueden ser inconvenientes. El ángel, ni corto ni perezoso, se propuso entrar en el interior de Laurencio dispuesto a una limpieza general. Debía hacer desaparecer cualquier resto de su vida pasada que le impidiera actuar con absoluta libertad.

Hay en las personas tres clases de apego que condicionan sus decisiones individuales. El primero, que es el más difícil de suprimir, adhiere los bienes materiales al alma; el segundo, menos dificultoso, la entretiene con preocupaciones mundanas; y el tercero, más rápido en desaparecer, es el lazo que suponen para el albedrío los afectos terrenos. Como el símbolo de la purificación es el fuego, a estas tres pasiones se las conoce como apegos de leña, de heno y de paja, según sus diferentes grados de combustión.

El ángel de Laurencio había resuelto que su custodiado abandonara este mundo limpio de toda miseria, dependencia y vanagloria. Nada más llegar hasta él le puso en la mano una tea y lo sacó del éxtasis para que, destruyendo todo lo que poseía, se librara de la servidumbre que dividía su corazón.

El lastre de todos los leños que le atenazaba el alma ardió con el palacio y los establos, con los bosques y los frutales, con las balsameras de los parterres y la simetría de los setos. Huyeron sus halcones domesticados destrozando los espejos fulgurantes del aire; se desbocaron sus caballos predilectos con las crines parpadeantes de chispas, y sus jadeantes jaurías corrieron arrastrando tras sí el cuero de las traíllas, delgadas como víboras y raudas como su veneno. Todo era confusión y desorden, pero Laurencio permanecía en paz observando cómo su imperio se le desprendía como una torre de azúcar bajo la lluvia. Su alma quedaba lisa como la orilla que ha lamido la marea.

El diablo, enfurecido, viendo que se le escapaba de las manos un botín que siempre creyó seguro, hizo girar el remolino de sus satélites, que se dispararon lanzando horribles alaridos. A cada uno de ellos le conminó a utilizar sus malas artes y oficios de encantamiento a ver si lo recuperaba otra vez.

El primero en entrar en acción, el Diablo de la Culpabilidad, se disfrazó de madre de Laurencio y, cuando el joven se encontraba entregado a sus oraciones, se presentó ante él y se puso a decirle que mirara lo que había hecho, que si no se compadecía de la penuria a la que la había condenado, que si es que no tenía corazón, al haber arrastrado a sus hermanitos pequeños a pordiosear de puerta en puerta...

—Hijo —se lamentaba la fingida madre—, nos has puesto en las lenguas de toda la comarca.

Pero Laurencio, aunque su corazón sangraba de dolor, le volvió las espaldas y le dijo las palabras que le dictó el ángel:

—Mujer, no hay para mí otra familia que la del cielo, así que vete y no me perturbes con tus lloros, ni me entretengas con tus preocupaciones temporales, ni interrumpas con tus charlas mis conversaciones con el Señor.

Tales fueron las palabras de Laurencio, por lo cual el compinche del Sultán del Averno hubo de marcharse con el rabo entre las piernas.

«Esto va muy bien», pensó el ángel, con gran satisfacción. «Es bueno que se halle bien dispuesto a aceptar segregarse de sus gentes porque así podré purificar sus afectos y conducir su voluntad hacia los asuntos que más convienen a su espíritu.»

Laurencio, junto con las adherencias de leño, se despojó también de las de heno y de las de paja; por eso las cosas del mundo y los lazos familiares los consideraba faltos de interés y dignos de desprecio. La mayoría lo llamaba loco, pero otros empezaron a considerarlo santo.

Prestar oídos a ese transitorio galardón que es la fama, le hacía sentir al ángel el orgullo de su dominio y quiso someter a su protegido a una prueba mucho más comprometida: lo llevó a vivir bajo el mismo techo que Valeria. Así se certificaba la obediencia y la fortaleza del joven.

Después de aquella desdichada partida de dados, el padre de Valeria, no pudiendo soportar la pérdida de sus bienes, la deshonra de sus blasones ni el peso de su irresponsabilidad, se había precipitado al abismo de la locura empujado por los remordimientos. Valeria quedó sin otro patrimonio que su juventud y sin otra herencia que el hermoso rostro materno, para hacer frente a la vida. También ella tenía hermanos pequeños a los que sacar adelante y no podía permitirse el lujo de amilanarse ni de autocompadecerse. Soltó la cascada de sus trenzas y buscó el sitio donde sus efímeros dones fuesen valores de cambio y el perfeccionamiento de sus habilidades le garantizase una inmediata recompensa. Ese sitio era una casa de mala fama, la peor de Alejandría.

Laurencio entraba todas las mañanas en la alcoba de la esquiva muchacha que tantas veces lo había desdeñado, le cambiaba las sábanas del agitado lecho y la atendía solícito en todo lo que ella pudiera necesitar. Entre ellos jamás se cruzaron palabras de reproche, ni gestos altaneros. Laurencio, en todo momento, mantenía la mirada baja con gran modestia, y tanto él como ella tuvieron la delicadeza de fingir no reconocerse. Pero, como es natural, los demonios eran incapaces de asistir a este espectáculo sin temblar de rabia y sin planear la perdición de los dos.

Sucedió entonces que el Diablo de la Melancolía susurró en los oídos de Valeria el recuento de los días felices. Esta estrategia de la evocación tiene como fin dejar al descubierto las partes más débiles y vulnerables donde abrir una brecha fácilmente. A continuación apareció el Diablo del Despecho. Este diablo tiene una lengua afilada con más terquedad que la navaja de un esbirro y la usa con perseverancia y habilidad. Nada más terminar el trabajo de ambos, que no era otro que el de abrir de par en par las puertas al desasosiego, apareció el Diablo de los Deseos Desordenados y, en vista de que tenía el camino libre, se le instaló en el pecho como una garrapata.

Valeria se retorcía las manos, se mesaba los cabellos, se golpeaba la cabeza contra las paredes sin lograr sacarse de dentro el reproche de las oportunidades perdidas.

—Tantas veces quiso bailar conmigo y le dije que no... Tantas veces cantaba bajo mi balcón y yo sin salir... Tantas veces, cuando era dichosa, no reparé en él y ahora es él quien ni me mira.

Valeria se pasaba las horas obsesionada con ello hasta que

consiguió convencerse de que estaba enamorada de él y que tenía que lograr por todos los medios ser correspondida.

Llegado a este punto, el Diablo de los Deseos Desordenados comprendió que ya la tenía en su poder. Entonces urdió la manera de persuadir a la muchacha para que firmara un contrato sacrílego. Por medio de este escrito, Valeria cedería eternamente su alma al diablo a cambio de un solo momento de amor con el joven Laurencio.

—Está bien —consintió Valeria, aturdida.

—Dentro de una hora y tres cuartos ve a tu alcoba y aguarda, que conduciré hasta ti lo que tanto ansías —le prometió el diablo.

Con este fin, el Diablo de los Deseos Desordenados se disfrazó de Laurencio y se fue a redactar el contrato para dejarlo a punto de rúbrica.

Cuando el ángel de Valeria se percató de semejantes preparativos se dijo a sí mismo que no sería prudente dejar correr las cosas y que bueno estaba lo bueno: había que recortarle las alas a cierto ángel. Así que, con las mismas, se apareció al ángel de Laurencio:

—¿Eres tú el guardián de una tal alma privilegiada que se está haciendo santa a costa de la condenación de las demás? —le abordó sin preámbulos en medio del pasillo donde observaba embelesado los trances de su Laurencio.

—¿Por qué me hablas con tanta insolencia? —contestó el ángel de Laurencio, muy molesto por esa interrupción.

—Porque por culpa de tu Laurencio mi Valeria se pierde.

El ángel le respondió con altanería que qué le importaba a él la salvación de una cortesana cuando su misión era servir a un elegido de Dios.

—¿Elegido por Dios o por ti? —quiso precisar el ángel de Valeria—: mientras tu Laurencio se flagela con zarzas, su madre está agonizando en un hospital sin más auxilio que el que le proporciona mi Valeria. Tu Laurencio sólo busca su beneficio y sin embargo ella hace el bien sin esperar ningún provecho. Y si tu Laurencio, en vez de incendiar la comarca y arruinar a todas las familias, arrebatando las obras del Señor con su soberbia desmedida, se hubiera casado con mi Valeria...

Pero el ángel de Laurencio le interrumpió advirtiéndole que se dejara de vulgaridades, y que desde luego él no era un casamentero ni iba a consentir que un alma privilegiada anduviese en tales contubernios con nadie.

Ante estas arrogantes declaraciones, el ángel de Valeria convino en que todo era inútil, pues el que debía ser su aliado estaba más poseído de sí mismo que el propio Lucifer. Y, punto en boca, sin esperar más ayuda que su iniciativa, trazó su plan y se puso manos a la obra, porque había que darse prisa.

Se reunió de nuevo con Valeria, que, agitada, esperaba ya en su alcoba; entonces, tomándola de la mano la escondió detrás de la cortina. A continuación, se acurrucó en la cama de la joven y se envolvió en la colcha para que no se descubriese la suplantación.

Enseguida entró el Diablo de los Deseos Desordenados disfrazado de Laurencio, y fingiendo motivos de pasión y demás, se arrimó a la cama. Pero el ángel, al sentir la proximidad de su aliento de azufre, dejó asomar su pie diminuto, lo apoyó en el pavimento y suplicó con la voz de Valeria:

—Desatadme mis sandalias, os lo ruego.

El diablo, muy galanamente, se arrodilló y le desanudó las cintas y, así que hubo terminado, comentó el ángel:

—Que Dios te lo pague con largueza.

Al oír el nombre de su gran enemigo, el Diablo de los Deseos Desordenados se revolvió, y el que parecía ser Laurencio tomó forma de resbaladiza serpiente, que huyó rugiendo despavorida.

En ese instante, el contrato sacrílego estalló como una estrella en el silencio de la noche, y Valeria, comprendiendo el peligro del que había escapado, fue a buscar al verdadero Laurencio y a pedirle perdón, por haberlo querido involucrar en su desatino, mientras sus ojos vertían raudales de lágrimas. Tan sincera fue su contrición que murió allí mismo, y su alma, convertida en purísima paloma, voló al cielo.

—Ruega por mí, Valeria, puesto que me precedes en la bienaventuranza —alcanzó a encomendarle Laurencio conmovido.

Cuando el ángel de Laurencio oyó que una cortesana intercedería por su protegido ante el Tribunal Supremo, se metió en una hornacina que había en el muro y dio la espalda a todo cuanto acaecía.

Y Laurencio quedó excluido del halo protector.

Como cuando se desploma la carpa de un circo, Laurencio se encontró sin sujeción y sin asideros; sin instrucciones que seguir y sin espejo que lo reafirmara. El abandonarlo a su propio albedrío fue sentenciarlo a morir en medio de un desierto. A su alrededor sólo había noche y desolación y perplejidad. Estaba acostumbrado a estar atendido, apoyado y guiado exclusiva e incondicionalmente; por tanto, también estaba convencido de su incapacidad para obrar y discernir.

—No soy nada. No sé nada. No tengo nada. No sirvo para nada. No importo nada —se repetía obsesivamente.

Su corazón era un torbellino, su pensamiento una pesadilla, y su única aspiración era acabar con esa sensación de no ser.

—Yo me había desgajado del mundo. Yo no esperaba nada del mundo. Yo no necesitaba nada del mundo. ¿Por qué me duele tanto el sentirme aparte?

Laurencio estaba desorientado y confundido. Tanteaba en las sombras buscando una puerta que lo abocara al abismo definitivo o que lo devolviera a su antigua seguridad. Se hirió los nudillos golpeando, enronqueció llamando y sus ojos se fatigaban aturdidos por los confines blindados de su corazón. Hasta que consiguió distinguir un hilito, muy tenue, de esperanza. Apareció de improviso sin que le fuera posible precisar si era un presentimiento o una señal fiable. Sin embargo, conforme insistía en esclarecerlo, se hacía más consistente su presencia. Se aferró a él como a un salvavidas. Tirando de él pudo ir separándolo, desenredándolo de la angustia poco a poco y ordenarlo en un ovillo listo para ser lanzado al otro lado de sí. Y así escapó.

Laurencio miró en torno suyo y supo que su anterior conducta había significado para los demás tragedia, desesperación y daño: que sus supuestos méritos se asentaban en la desgracia ajena y que se había confinado en sí mismo, al margen de los conflictos y los deseos que no fueran los propios. Comprendió que si era difícil encontrarse y reconciliarse consigo, mucho más lo era el reconocer a cada uno de los otros y diferenciarlos, aceptarlos. E incluso aprender de ellos.

Entonces, llamó a los que tan inconscientemente había desheredado, los reunió a todos y juntos se fueron a los valles que él una vez arrasara, y con sus propias manos cultivaron la maltratada tierra hasta hacerla germinar. Y conforme los valles producían sus frutos, la parcela de Laurencio florecía en el jardín del Edén.

Se acabaron los amos y criados. Nadie hacía manifestaciones de mortificación ni de bondad. Eran sencillos. Vivían con alegría en la fraternidad del esfuerzo y la plegaria. Quizá Laurencio ya no accediera a las altas regiones de los éxtasis, pero recogía experiencia y obtenía una visión más amplia y completa de las cosas. Quizá ahora tuviese más dudas y más equivocaciones, pero se ejercitaba en distinguir y en escoger. Por fin, la humildad le hizo entender que él no era la regla de oro ni el centro del universo y que lo que estimaba como un bien para sí no tenía por qué ser un bien para los demás.

Un día, Laurencio observó que el laurel que sombreaba la casita que todos compartían se había inclinado hasta formar una guirnalda estrechísima con una frondosa mata de valeriana. Conoció en ello la proximidad de su hora. Convocó a sus amigos y les recomendó que su marcha no los entristeciera. Salió, pues, el alma de su cárcel mortal y se fue hasta la hornacina donde su ángel aún persistía, rebeldemente, con la cara contra la pared.

–Ven conmigo, ángel mío –dijo Laurencio–, pues hemos de comparecer ante el Tribunal Celestial.

Pero el ángel no dio muestras de inmutarse y Laurencio no tuvo más remedio que cogerlo en sus brazos como si se tratase de una criatura. Con él a cuestas se llegó hasta el jardín del Edén, y el ángel, entre las rendijas de sus alas, pudo advertir con estupefacción que la parcela de Laurencio estaba esmaltada de las más bellas flores. Pero Laurencio pasó entre ellas con indiferencia y se acercó hasta la pequeña violeta escondida. Entonces la cortó y, mostrándosela al cielo, dijo humildemente:

–Señor, he aquí la única flor que Laurencio y su ángel han sido capaces de merecer; vuelve hacia ella tu rostro y sé propicio.

El ángel se apartó las manos del rostro y, mirando atónito el espléndido vergel al que renunciaba, quiso protestar. Pero Laurencio replicó:

–Somos responsables el uno del otro, ángel mío. Tenemos que salvarnos juntos o juntos perecer.

Al oír esto, brotaron dos perlas de las pupilas del ángel, lo cual significaba que lloraba y que todas las tretas de su soberbia habían concluido, y, como por milagro, una flor idéntica a la de Laurencio perfumó sus dedos de marfil.

Cuando se tiene a alguien a nuestro cuidado, existe la irresistible tentación de considerarnos su dueño. El que nos necesiten nos puede hacer creer que somos indispensables y que todo deban recibirlo de nuestras manos. El que dependan de nuestra aprobación nos convierte en jueces infalibles. Nos sentimos todopoderosos si conseguimos que obren conforme a nuestros criterios. Cada éxito nos lo apuntamos como un logro personal. Cada fracaso suyo nos decepciona. Nos gusta sentirnos orgullosos por lo que consideramos nuestra obra, y cuanto mayor sea nuestra dedicación más nos persuadiremos de que nos merecemos que cumplan nuestras expectativas. No nos damos cuenta de que con esa manera de conducirnos no ayudamos, ni educamos, a un ser individual: estamos pretendiendo modelar nuestra réplica. Es agradable contemplar fuera de nosotros el reflejo ideal de nosotros mismos, por eso les exigimos que nos confirmen lo sabios que somos, lo atinados que estamos y la razón que nos asiste. Con la excusa de que obramos por su bien, los avasallamos imponiéndoles nuestras aspiraciones y proyectándoles nuestros temores y recelos. La experiencia nos autoriza a manipular sus decisiones y apreciaciones hasta conseguir la perfecta simetría.

Es difícil determinar dónde acaba la responsabilidad y dónde empieza la absorción de otro ser. Es difícil no intervenir cuando estamos convencidos de que podemos darle lo que le conviene. Es difícil no empeñarnos en procurárselo. Es difícil no obligarle a que acepte lo mejor.

Cuidar no es poseer, acompañar no es anular, defender no es impedir. Un verdadero ángel guardián no debe preservar de las pruebas ni de las equivocaciones que ejercitan el albedrío. Su misión consiste en dotar de autonomía y de responsabilidad propia a los actos, en despertar en los corazones una conciencia moral que otorgue autoridad interior.

Sin embargo, hay padres, madres, maestros o guías capaces de renegar de la persona a su cargo si no se ajusta a sus pretensiones. Se enfurecen si no les devuelve la imagen de ellos que esperan. Quieren ser los artífices de una criatura perfecta, y no soportan que el material que manejan sea una identidad propia con sus limitaciones, sus rebeldías y sus sueños.

Ni perdonan que las respuestas estén en otro lado o la felicidad en otra casa o las metas en otras ambiciones.

No comprenden que su obligación empieza con sembrar y termina en cuanto despunta el brote. Después, sea cual sea la cosecha y la recoja quien la recoja, no deben afanarse, porque el campo no es suyo. Su responsabilidad concierne a la calidad de la semilla: si es buena tiene muchas probabilidades, nada más.

Es bueno que el ángel confíe y nos deje caminar sin sujeción. Es bueno que nos alejemos de su halo. La inocencia es un estado original, pero la construcción de nuestra individualidad es un ejercicio de fortaleza. Y, si nos ama de verdad, debería alegrarse de lo que hemos descubierto, aprendido y superado; debería alegrarse de lo que estamos en disposición de ofrecer.

Ese día a la hora undécima, todos los puros de corazón vieron cómo un ángel y un alma, con las manos enlazadas, se elevaban desde poniente hasta el trono del Altísimo impulsados por las hélices de dos diminutas violetas. Y, desde entonces, son ensalzados en la presencia del Señor por los siglos de los siglos, amén.

LAS TRES EDADES

1. EL FINAL DEL CIELO
   Alejandro Gándara

2. LOS PERROS DE LA MÓRRÍGAN
   Pat O'Shea

3. CAPERUCITA EN MANHATTAN
   Carmen Martín Gaite

4. NARRADORES DE LA NOCHE
   Rafik Schami

5. FRAENZE
   Peter Härtling

6. EL JARDÍN SECRETO
   Frances Hodgson Burnett

7. LA NOVIA DEL BANDIDO
   Eudora Welty

8. KAI, EL DE LA CAJA
   Wolf Durian

9. FLOR DE MIEL
   Alice Vieira

10. EL RATÓN Y SU HIJO
    Russell Hoban

11. EL REY ROJO
    Victor Kelleher

12. EL NIDO DE LOS SUEÑOS
    Rosa Montero

13. EL PROYECTO ABUELITA
    Anne Fine

14. NIÑOS Y BESTIAS
    Álvaro del Amo

15. LA ANTORCHA
    Jill Paton Walsh

16. NO SOY UN LIBRO
    José María Merino

17. EL MÉDICO DE LOS PIRATAS
    Carmen Boullosa

18. EL NAUFRAGIO DEL *STEFANO*
    Gustave Rathe

19. DOS CUENTOS MARAVILLOSOS
    Carmen Martín Gaite

20. LOS TRES GORDINFLONES
    Yuri Olesha

21. EL MERCADER DE INCIENSO
    Salim Alafenisch

22. BANDA SONORA
    Jordi Sierra i Fabra

23. NUEVE CUENTOS Y UNO DE PROPINA DE JOSEF ČAPEK
    Karel Čapek

24. C. EL PEQUEÑO LIBRO QUE AÚN NO TENÍA NOMBRE
    José Antonio Millán

25. EL TABLERO ANTE EL ESPEJO
    Massimo Bontempelli

26. HERMANO NOCHE
    Victor Kelleher

27. AVENIDA AMÉRICA
Silvio Blatter

28. LAS AVENTURAS DE FELUDA
Satyajit Ray

29. EL BOSQUE DE LOS SUEÑOS I
Antonio Rodríguez Almodóvar

30. EL HONESTO MENTIROSO
Rafik Schami

31. SERENA
Juan Cruz Ruiz

32. ROMPETACONES
Antoniorrobles

33. MONA MINIM Y EL OLOR DEL SOL
Janet Frame

34. EL BOSQUE DE LOS SUEÑOS II
Antonio Rodríguez Almodóvar

35. EL MUNDO DE SOFÍA
Jostein Gaarder

36. LA MARAVILLOSA HISTORIA
DE PETER SCHLEMIHL
Adelbert von Chamisso

37. CIELO AZUL
Galsan Tschinag

38. EL PRÍNCIPE OMEYA
Anthony Fon Eisen

39. LA PRINCESA Y LOS TRASGOS
George MacDonald

40. AMIRA
Salim Alafenisch

41. MI PADRE
Toon Tellegen

42. LA RATA COCHERO
David Henry Wilson

43. EL MISTERIO DEL SOLITARIO
Jostein Gaarder

44. SIN PIES NI CABEZA
Sto

45. CUANDO LAS PANTERAS NO ERAN
NEGRAS
Fabio Morábito

46. EL TALISMÁN DE PITUSILLA
Tom Hood

47. EL LIBRO DEL VERANO
Tove Jansson

48. VIAJE ENTRE LA NOCHE Y LA MAÑANA
Rafik Schami

49. EL ENIGMA Y EL ESPEJO
Jostein Gaarder

50. EL REY ARTURO Y SUS CABALLEROS
DE LA TABLA REDONDA
Roger Lancelyn Green

51. LA HISTORIA DEL MUNDO EN NUEVE
GUITARRAS
Erik Orsenna

52. LA CERDA
Andrew Cowan

53. LOS ZAPATOS DE MURANO
Miguel Fernández-Pacheco

54. LA HISTORIA DE JULIET
William Trevor

55. UNA MANO DE SANTOS
Ana Rossetti

Depósito Legal: M-41344-1997
I.S.B.N.: 84-7844-372-X
Impreso en Rigorma Grafic, S.L.